Wer nach der Lektüre der "Kalamaki Affairs" geglaubt hat, unser Held Andreas sei nun am Ende seiner amourösen Irrungen angelangt, sieht sich in der hier vorliegenden Fortsetzung eines noch Besseren belehrt: Andreas kehrt an den Ort seines Versprechens zurück. Wie es für das Leben und die Liebe und vor allem für Kreta zwingend ist, folgen den Irrungen die Wirrungen auf dem Fuße. Ist es möglich, zwei Frauen auf einmal zu lieben? Im Lande der griechischen Götter und deren Chronisten Homer ist nichts unmöglich. Andreas scheint geahnt zu haben, dass auf Kreta Zeus immer noch das Zepter schwingt und Menschen in dramatische Situationen bringt. Und dennoch fliegt er mit seiner Frau Martina und ihrem gemeinsamen Sohn nach Kreta, zurück nach Kalamaki. Dort hat Dionysos allerdings persönlich dafür gesorgt, dass auch Jasmin wieder da ist, jene Frau, der Andreas vor drei Jahren nach Kreta gefolgt ist. Das Fest der Lust und des Weines kann beginnen. Die bekannten und kaum geläuterten Verdächtigen schreiben ein neues und wieder ebenso aufschlussreiches wie unterhaltsames Kapitel der ältesten Geschichte der Welt ...

*Jo Vormann*, Jahrgang '45, lebt in Hamburg. Nach einer Lehre als Maschinenschlosser und einem Germanistik- und Geschichtsstudium unterrichtete er einige Jahre Deutsch und Geschichte. Seit den siebziger Jahren ist er als Rundfunk- und Fernsehautor tätig. Er hat literarische Features und Reiseberichte veröffentlicht. Kreta ist seine zweite Heimat geworden.

Jo Vormann

# Kalamaki und zurück

*Lieben und lieben lassen*

**Bibliographische Information der Deutschen Nationalbibliothek:**

Die Deutsche Nationalbibliothek verzeichnet diese Publikation in der
Deutschen Nationalbibliografie; detaillierte bibliografische Daten
sind im Internet über http://dnb.d-nb.de abrufbar.

Herstellung und Verlag:
Books on Demand GmbH, Norderstedt
ISBN 978-3-8370-3042-6

Umschlaggestaltung und Satz: Niko Feistle, Hamburg

## Sportstudio

Andreas rutscht unruhig auf einem harten Stuhl hin und her. Es ist spät.

Oder früh. Er schaut auf seine Uhr. Kurz nach drei. Nachts. Seit einer Stunde sitzt er nun schon auf diesem Flur und wird von grellen Neonlampen bestrahlt. Jetzt eine Sonnenbrille. Er ist hundemüde und hellwach zugleich. Er schaut auf die Tür, hinter der seine Freundin Martina liegt. Er darf nicht zu ihr. Sie bekommt einen Einlauf und ein heißes Bad. Das ist eine wichtige Vorbereitung für die Geburt.

Andreas wird nämlich Vater. Ein guter Vater. Der beste Vater, den es je gegeben hat. Das ist sicher. Und es wird ein Mädchen. Das ist auch sicher. Obwohl er es nicht weiß. Sie wollten es beide nicht wissen.

Die Tür öffnet sich endlich. Eine Schwester lächelt ihn an.

"Sie können jetzt hinein."

Andreas eilt hinein. Da liegt sie, seine Freundin Martina, mit seinem Kind in ihrem prallen Bauch.

"Wie geht es dir?"

Fragt Martina und lächelt.

"Aufgeregt?"

Andreas gibt ihr einen Kuss.

"Und wie! Darf ich?"

Er legt seine Hand auf ihren Bauch. Die Wehen setzen wieder ein und Martina beginnt zu stöhnen. Sie nimmt Andreas' Hand und drückt sie kräftig. Es hilft ihr, die Schmerzen besser zu ertragen, sagt sie.

"Soll ich die Hebamme holen?"

Die steht allerdings schon neben ihm. Mit einer Stimme, die Vertrauen einflößt. Rau, aber herzlich. Und resolut.

"Keine Panik auf der Titanic. Es ist noch nicht so weit. Es dauert noch ein oder zwei Stunden."

Andreas ist anderer Meinung.

5

"Sehen Sie denn nicht, ..."

"Bleiben Sie bei Ihrer Frau und halten Sie ihr die Hand. Das ist alles, was Sie tun können. Ich komme gleich wieder."

Wie sie gekommen ist, so verschwindet sie wieder. Lautlos. Er schaut ihr nach. Eine Walküre. Sie könnte bei Wagners Nibelungen auftreten. Ihre starken Arme werden doch nicht etwa, so robust wie sie aussehen, an seinem Kind zerren und es womöglich verletzen. Beim Rausziehen.

Andreas zwingt sich zu lächeln und hält brav die schweißnasse Hand von Martina. Ab und zu drückt sie ihn kräftig. Seine Tochter will endlich raus, denkt er. Martina möchte sicher ein schnelles Ende, egal ob Sohn oder Tochter oder sonstwer. Hauptsache raus.

Vor ein paar Stunden lagen sie noch gemeinsam auf dem Bett, die Tasche gepackt mit dem, was man so braucht in einer Klinik, in der Kinder geboren werden. Andreas guckte noch relativ entspannt das Aktuelle Sportstudio. Sein Verein spielte nämlich gegen die Bayern. Gegen die verhassten Bayern, denen alle Welt in fremden Stadien die Lederhosen ausziehen will. Es waren ja aber gar keine Bayern mehr, die bei den Bayern spielten, obwohl sie vor der Saison diese Lederhosen, die Krachledernen, anziehen mussten. Mit den albernen Wadensocken. Fürs Fotoshooting. Die dunkelhäutigen Ballartisten aus dem schwarzen Kontinent mussten diese Gaudi mitmachen. Stand im Vertrag. Uli Hoeneß, der Clevere, hat es ausbaldowert. Bayern muss bayerisch sein, auf Teufel komm raus, mit der richtigen, zünftigen Stimmung. Andreas sah dann immer den unerträglichen Gute-Laune-Sänger Robert Weiß vor sich, der einzige Schwarze in Deutschland, der immer gute Laune hatte und die auch aggressiv verbreitete. Auch die obligatorische Blaskapelle spielte zum Saisonauftakt, und man sah die versammelten Profis Weißwürste essen. Für die Kameras, versteht sich. Denn wer, außer einem echt sozialisierten Bayern, kriegt diese widerlichen Dinger runter, mit süßem Senf. Es ist eine schwere Sonderprüfung, die sicher auch im Profivertrag vorgeschrieben ist. Aber es gibt ja noch Markus Babbel. Den einzigen echten Bayern bei Bayern. Dem nimmt man zwar ab, dass er gerne Weißwürste isst, besonders die aus der Schlachterei vom Uli Hoeneß, aber in seiner Freizeit hat man ihn nie in Lederhosen gesehen.

Bei seiner Werdermannschaft spielten allerdings auch keine Bremer mehr. Dafür ein oder zwei Bayern, die das aber nicht zugeben durften. Oder Spieler aus dem Ruhrpott, die eigentlich Polen waren. Oder Russlanddeutsche. Oder Österreicher. Die Bundesliga hat sozusagen die europäische Vereinigung vorweggenommen.

Martinas Wehen begannen dummerweise gleich nach dem Erscheinen der Sportstudiouhr mit der typischen Erkennungsmelodie. Also so um zehn. Aber die Intervalle waren noch im grünen Bereich. Das hatten sie gestoppt. Also keine Panik. Die meisten Frauen gehen sowieso viel zu früh in die Klinik.

Dann kam Hoeneß ins Bild, der Schlachter und hemdsärmelige Manager von den Bayern. Der den Elfer verschossen hatte, den wichtigen beim Elfmeterschießen '76. Weit übers Tor in den Abendhimmel von Belgrad hat er ihn geballert. Die Tschechen hauten ihn humorlos in die Maschen und gewannen. Einige Serben suchen heute noch nach dem Ball.

Werder hatte übrigens verloren, wieder einmal. Unglücklich. Aber Andreas wird heute Nacht trotzdem zum glücklichsten Menschen der Welt. Er bekommt ein Kind und wird, wenn es dann doch wider Erwarten ein Junge wird, mit dem zukünftigen Stürmerstar von Werder Bremen nächsten Sonnabend auf dem Bett liegen und Sportstudio gucken. Und dann wird Werder gewinnen. Das ist gewiss. Und wenn es ein Mädchen wird, dann verzichtet er auf seine Lieblingssendung. Das ist doch klar.

Martinas Wehenintervalle waren immer noch im grünen Bereich. Also den obligatorischen Spielfilm nach dem Sportstudio gucken. Ein Godard. Schwarz-weiß. Wie immer gibt es die guten Filme nur zu später Stunde. Wegen der Ausschaltquote.

Martina war tapfer und geduldig. Aber der Godard-Film schien ihre Wehen zu beschleunigen.

"Ich glaube, wir sollten jetzt lieber losfahren."

Andreas war stolz auf seine Freundin. Sie hatte immerhin bis zum Spielfilm durchgehalten.

"Der Elfmeter war unberechtigt. Sonst hätte Bayern nie gewonnen."

Sagte sie noch. Er liebte sie jetzt ganz besonders, seine Martina. Sie tröstete ihn auf ihrem schweren Weg zu ihrer ersten Geburt. Wenn das keine Liebe ist.

Natürlich waren sie noch viel zu früh in der kleinen Privatklinik. Andreas hatte angerufen. Wir kommen in einer halben Stunde.

Jetzt sitzt er an Martinas Seite und ist aufgeregt.

"Möchten Sie ein Ei zum Frühstück?"

Eine dralle Schwester sieht ihn fragend an. Sie sieht frisch und ausgeschlafen aus, obwohl sie Frühschicht hat. Andreas ist angenehm überrascht. Hier gibt es offensichtlich ein Beruhigungsfrühstück für werdende Väter.

"Ja, gerne."

Andreas schaut ein wenig schuldbewusst zu Martina hinüber. Sie lächelt.

"Iss ruhig. Du musst stark sein. Bald kommt unser Baby."

Die junge Schwester bringt ein Frühstück. Mit Ei.

"Fünf Minuten? Ist doch richtig?"

Sie stellt das Tablett auf einen Tisch. Dabei bückt sie sich, und Andreas kann für einen kurzen Moment ihren Busen sehen. Sie hat nichts drunter unter dem weißen Kittel. Wahrscheinlich kommt sie gerade aus dem Zimmer des Gynäkologen, der sich bisher noch nicht hat blicken lassen.

Sie geht lächelnd zur Tür. Andreas schaut ihr hinterher. Er muss sich über sich selber wundern. Warum denkt er nur so etwas? Er sollte sich auf das Wesentliche konzentrieren. Es ist die wichtigste Nacht in seinem Leben. Sein Kind wird geboren, und er schaut in fremder Leute Ausschnitt. Aber es ist ja nur ein Ausschnitt davon.

Der Kaffee ist erstklassig, die Brötchen warm und das Ei perfekt. Besser als in einem Hotel. Andreas stärkt sich für seine erste

Geburt.

Die Tür wird unsanft aufgerissen und der Gynäkologe rauscht herein. Andreas sieht ihn prüfend an. Schließlich sind sie Experten in Frauensachen. Jedenfalls in anatomischer Hinsicht. Er sieht ein wenig schleimig aus, so wie Claus Biederstaedt, die Idealbesetzung für Frauenärzte in entsprechenden Filmen. Wie kann man nur Gynäkologe werden? Das hat sich Andreas schon oft gefragt. Bei der Vorstellung, tagaus, tagein immer in den Bereich einzutauchen, aus dem jeder herausgekommen ist, und in den Männer gerne ihren Schwanz einführen, da muss einem doch der Spaß an der Freude vergehen. Warum also wird einer Frauenarzt? Liebt er die Frauen oder hasst er sie? Andreas will noch mal bei Freud nachschlagen.

"Na, wie geht's uns?"

Das sagt der Schwarzhaarige tatsächlich. Es ist aber keine wirkliche Frage. Eine Art Entree für einen Wichtigtuer. Er betastet Martinas Bauch und das darin geborgen liegende Baby. Andreas ist plötzlich eifersüchtig und schiebt das Tablett beiseite.

"Das sieht gut aus."

Sagt der Mensch in Weiß und presst sein Stethoskop auf Martinas Bauch. Er schaut ihr doch nur auf die Titten, dieser geile Bock. Andreas will ihn gerade von seiner Liebsten wegreißen, da geht die Tür wieder auf. Die Hebamme stürmt herein und übernimmt das Kommando. Der Arzt lässt von seiner Martina ab.

"So, mein Mädchen, jetzt wollen wir mal."

Offensichtlich ist es bald so weit. Andreas ist nun auch gefordert.

"So, junger Mann, Sie gehen wieder schön ans Bett und halten die Hand Ihrer Frau."

Andreas tut, was ihm befohlen wird. Martina schaut ihn an und versucht zu lächeln. Sie hat starke Schmerzen. Der Arzt steht abseits. Es ist die Stunde der Frauen.

"Schön atmen, so wie Sie es geübt haben. Tief und ruhig. Durch die Nase einatmen und durch den Mund ausatmen. Schön langsam."

Martina versucht, die Anweisungen der Hebamme zu befolgen. Doch das ist leichter gesagt als getan. Die Wehen werden heftiger.

"Pressen, pressen."

Die Kommandos der Hebamme. Andreas presst mit. Er hält die Hand seiner Martina. Sie drückt sie plötzlich so heftig, dass es schmerzt. Sie stöhnt und die Hebamme feuert sie weiter an.

Andreas sieht, wie sich langsam der Muttermund öffnet. Er sieht das erste Mal sein Kind. Zunächst sind es nur ein paar schwarze Haare, die versuchen, durch die enge Öffnung zu kommen. Doch der Kopf ist zu dick.

"Ja, was haben wir denn da!"

Ruft die Hebamme aufmunternd.

"Da möchte jemand zu uns kommen."

Martina atmet heftiger, sie hechelt jetzt und presst, was das Zeug hält. Sie hat Andreas' Hand inzwischen losgelassen. Sie nimmt nichts mehr wahr. Andreas hält ihren Kopf.

"Unser Baby kommt, Martina, unser Baby ist gleich da."

Und dann, nach weiteren endlos langen Minuten, mit Martinas erlösendem Schrei, passiert das, was die Menschen gerne Wunder nennen. Erst kommen langsam noch mehr nasse Haare zum Vorschein, dann quält sich der Kopf durch die viel zu enge Öffnung, und dann geht alles ganz schnell. Kaum ist der Kopf draußen, flutscht sein Kind aus Martinas Körper auf eine sterile Edelstahlunterlage. Da liegt es jetzt, nackt und blutverschmiert. Es schaut erst Andreas mit weit aufgerissenen Augen an und dann überrascht in die Runde, als wollte es fragen: Was ist denn jetzt passiert? Wo bin ich?

Ein kleiner, aber kräftiger Strahl begeistert die Hebamme.

"Ein Junge!"

Sie sagt es mit einem Unterton einer gewissen Erleichterung. Mag sie keine Mädchen? Andreas sieht auf seinen pinkelnden Sohn. Kein Mädchen, keine roten Lackschühchen. Also doch Fußballschuhe. Der Kleine sieht ein bisschen komisch aus, anders, als er es sich vorgestellt hatte. Ziemlich rot im Gesicht. Eigentlich zu alt für ein Neugeborenes. Dabei war er immerhin pünktlich. Was nichts für das weitere Leben bedeuten muss.

Nach der ersten Begegnung im Leben außerhalb des Uterus beginnt der normale Säugling zu schreien. Und das mit Recht. Es ist schließlich ganz plötzlich kalt und hell. Ungemütlich. Und er muss atmen. Vielleicht will er lieber wieder zurück. Sicher will er zurück. Andreas hat Tränen in den Augen. Da liegt also sein Sohn, schreiend, mit rotem Kopf und alles andere als niedlich. Eine Mischung aus Vico Torriani und Louis Armstrong, auf Martinas immer noch dickem Bauch, wo ihn die Hebamme hingelegt hat. Ihr gemeinsamer Sohn. Ein Produkt der beiderseitigen Geilheit, was man später bei Hochzeitsansprachen dann doch Liebe nennt.

"Ist er gesund?"

Martinas erste Reaktion. Der Arzt lächelt. Er hört die Herztöne ab und untersucht verschiedene Funktionen.

"Alles dran und alles funktioniert."

Martina ist erleichtert und lächelt erschöpft. Sie hatte Angst, ihr Baby irgendetwas haben könnte. Sie hat nicht auszusprechen gewagt, was sie befürchtete. Jetzt muss nur noch die Nabelschnur ab und der Kleine wird eine eigenständige Person. Er wird so werden, wie Andreas es sich vorstellt. Und Paul soll er heißen, so hatten sie es beschlossen, nach nächtelangen Überlegungen. Paul heißt nämlich einer, der Charakter hat, einer, der sich nicht verbiegen lässt, einer, der Persönlichkeit schon im Säuglingsalter zeigt. Insofern hat Paul den richtigen Namen, denn seine Persönlichkeit verlangte schon bald jede Nacht ein oder zwei Mal nach seinen Eltern. Was von denen so manches Mal als Folter empfunden wurde. Aber was tut man nicht alles für den Wurm, der mal so werden soll, wie man es sich wünscht.

## Paule

Paul hat blonde Locken und braune Augen. Er ist eine Augenweide. Ein Sonnenschein. Er rennt fröhlich durch den Gang des Flugzeuges. Er kann nämlich schon seit über einem Jahr laufen. Und er genießt es. Die Passagiere des Fluges von Hamburg nach Heraklion scheinen begeistert, jedenfalls die kinderlieben, die wenigen. Andreas schaut ihm hinterher. Er ist jetzt froh, dass es kein Mädchen geworden ist. Paul ist das, was man sich landläufig unter einem richtigen Jungen vorstellt. Ein kleiner Racker. Neugierig und immer unterwegs. Dann urplötzlich müde, wenige Minuten später erholt und bereit für neue Taten.

Martina schaut versonnen aus dem Fenster. Sie denkt an Santorini. Die Insel, die durch einen Vulkanausbruch diese merkwürdige Form hat. Es war die erste griechische Insel, auf der sie Ferien gemacht hatte, damals. Eine Klassenreise nach Griechenland. Ihr Lehrer war fast ein Hellene, so hat er sich selber charakterisiert. Dabei war er nur ein ganz normaler Pauker, der gerne in den warmen Süden fuhr und vielleicht schon während der Arbeitszeit Ferienstimmung genießen wollte. Aber er scheint in ihr das Feuer entfacht zu haben, das nötig ist, um als Tourist den oft beschwerlichen Alltag in dieser südlichen Gegend zu bewältigen. Zum Beispiel die Nahrungsaufnahme. Die griechische Küche ist nicht gerade bekannt für außergewöhnliche Köstlichkeiten. Obwohl manche Menschen Tzatziki mit gefüllten Weinblättern dafür halten. An ihrem letzten Geburtstag hat Martina von einer lieben Freundin ein Buch geschenkt bekommen. Griechenland - eine kulinarische Reise. Es waren viele schöne Fotos drin, auf Hochglanz. Das hat allerdings nichts mit der griechischen Realität zu tun. Sie kennt die griechische, oder besser: die kretische Küche. Die ist hart, aber herzhaft.

Sie muss schmunzeln und an Manolis denken, den „Chefkoch" von Kalamaki. Dort hatte sie Andreas zum ersten Mal gesehen. Als sie mit Martin, ihrer Sandkastenbeziehung, Urlaub machte.

Andreas hatte sie so verwirrt, dass sie wieder in ihren finstersten schwäbischen Dialekt verfallen war und nur Unsinn geredet hatte. Und Martin hatte es noch nicht einmal gemerkt. Aber dieser Manolis, und da ist sie sich heute sicherer denn je.

Sie hatte sich hoffnungslos in Andreas verknallt, diesen fast dialektfrei sprechenden Mann aus Hamburg. Sie weiß heute noch nicht, warum ihr Herz plötzlich raste, als er sie das erste Mal auf diese Art ansah, wie es Martin noch nie getan hatte. Sie spürte eine aufsteigende Hitze, ihr Kopf war sicher hochrot und konnte jeden Moment zerspringen. Unkontrollierbare Prozesse spielten sich in Sekundenschnelle in ihrem jungen Körper ab. Sie sehnte sich plötzlich danach, von diesem fremden Mann angefasst zu werden, ihn in den Arm zu nehmen, ihn zu spüren. Sie hatte ein unerklärliches Verlangen auf den Körper dieses Mannes, wie sie es nie zuvor für möglich gehalten hatte. Wie kann man sich dagegen wehren? Soll man sich dagegen überhaupt wehren? Sie tat es nicht. Das war gut so.

"Ich hab Durst."

Paule ist vom Rennen durstig geworden. Andreas nimmt ihn auf den Schoß. Man serviert das Essen. Der Geruch von Maggi, alias Liebstöckel, breitet sich mit Hilfe der Klimaanlage in Windeseile aus. In den ersten Reihen wird schon gegessen. Hähnchen, Pute oder irgendein undefinierbares Stück Fleisch mit Nudeln. Ertränkt in einer angedickten Soße.

"Denkst du noch manchmal an Jasmin?"

Martina kann nerven. Wie oft hat sie ihm schon diese Frage gestellt. Immer in einer Situation, in der er nicht im Entferntesten an diese Jasmin gedacht hatte. Aber Jasmin scheint wie ein Stachel in Martinas Herz zu sitzen. Jasmin. Vor drei Jahren ist er das erste Mal nach Kalamaki gefahren. Wegen Jasmin, wegen ihrer sanften Schönheit. Wegen Anmut und Grazie in Vollendung. Bis sie sich selbst dort entzaubert hat. Jedenfalls ein bisschen. Was Martina zu spüren scheint.

Der Getränkewagen kommt zur rechten Zeit. Er muss jetzt

13

nicht antworten. Paul bekommt Apfelsaft. Und ein aufblasbares Flugzeug. Mit dem Firmenlogo der Gesellschaft. Produktbindung, schießt es Andreas durch den Kopf, cleveres Marketing auf Kosten der Kinder. Aber Paule ist begeistert. Unbeschwert rennt er mit dem Flugzeug in der Hand den Gang entlang und macht dabei Düsengeräusche.

"Du hast meine Frage noch nicht beantwortet."

Martina ist hartnäckig. Andreas genervt.

"Natürlich denke ich manchmal an sie, so wie ich an meinen Chef denke oder an den Wirt unseres Italieners."

Martina setzt sich jetzt aufrecht hin.

"Das kannst du deiner Großmutter erzählen."

Sagt sie in leicht schwäbischem Dialekt, in den sie immer verfällt, wenn es emotional wird. Das heißt, wenn sie sich aufregt.

"Reg dich nicht auf, Schatz. Ich liebe dich und keine andere."

Aber Schatz regt sich noch mehr auf.

"Nenn mich nicht Schatz. Wer weiß, wie viele Frauen du schon Schatz genannt hast. Ich möchte es nicht wissen. Ich bin Martina, ist das so schwer zu merken?"

Martina ist also immer noch eifersüchtig auf diese Frau. Das kann Andreas gut verstehen. Schließlich war er wirklich verrückt nach Jasmin. Und Martina war am Anfang nur Sex pur, ... ja, verdammt noch mal, es war ihre erotische Ausstrahlung. Sie hat ihn elektrisiert. Sie hatte feste Titten und einen strammen Arsch. Eigentlich die beste Grundlage für eine langfristige Beziehung. Wenn es auf Gegenseitigkeit beruht. Was es tat.

"Und? Denkst du noch oft an Martin, deinen Heilpraktiker?"

Der klassische Konter, in der dreijährigen Beziehung erprobt und bewährt. Die Gegenoffensive. Martin, der liebe Ahnungslose, der hoffnungslos im schwäbischen Dialekt gefangen war. Er hatte in dieser folgenschweren Nacht noch nicht einmal bemerkt, wie Andreas mit seiner Freundin praktisch vor seinen Augen nachts am Strand gebumst hatte. Er hatte die Kopulation als Rettungsaktion interpretiert, wegen der hohen Wellen, als sie und einige Andere nackt gebadet hatten. Dabei lagen Andreas und Martina aufeinander, eigentlich noch ineinander. Der Anfang von Paul, gezeugt in den Wellen der Antike. Unweit der Stelle, wo Zeus in Gestalt eines Stieres die schöne Europa an Land gezogen hat. Oder haben soll. Da streiten sich die Experten.

"Lass Martin aus dem Spiel. Er ist der unschuldige Verlierer."

Martina wird ärgerlich. Sie hat immer noch ein schlechtes Gewissen. Martin, ihr erster und bis dato einziger Freund, der einfach immer da war, seit sie denken konnte. Der zu ihr gehörte wie ein Bruder. Der so lieb und verständnisvoll war, wie es ein junges Mädchen gern hat, ohne Bedrohung. Ein eingespieltes Team im heimischen Dialekt. Und dann brach Andreas in diese heile Welt ein, und Martinas Sexualleben erwachte. Ihr Nachholbedarf war riesig. Das hatte Andreas sofort gespürt. Er war es, der sie wachgeküsst hatte. Der Prinz von Hamburg-Altona. Das gestand sie ihm später.

"Möchten Sie Hähnchen oder vegetarisch?"

Die Stewardess mit professionellem Lächeln. Andreas schaut sie verschmitzt an und lächelt schelmisch zurück.

"Ich möchte meine Freundin. Jetzt sofort."

"Wie bitte?"

Martina hat verstanden, die Stewardess nicht.

"Danke. Wir haben keinen Hunger."

Martina lächelt die nicht mehr ganz so junge Dame an. Ihre Hand liegt auf seinem Oberschenkel und wandert langsam hoch. Sie ist plötzlich wieder da, diese knisternde Erotik. Immer noch. Mit der alles angefangen hat, und mit der alles weitergehen soll. Martina kneift ihn sanft.

"Hast du schon mal im Flugzeug?"

"Wie soll das gehen? Es ist zu eng."

"Aber du möchtest mich doch sofort."

"Martina! Unser Kind. Wo ist es überhaupt?"

Martina fummelt an den Knöpfen seiner Levis. Andreas schaut sich um. Keiner bemerkt etwas. Martina hat ihn nun in der Hand.

Jasmin ist vergessen. Für beide. Sie lehnt sich zu ihm und beißt ihm sanft ins Ohr.

"Paule kann hier im Flugzeug nicht verschwinden. Aber wir."

"Wie?"

Martina schaut ihn herausfordernd an.

"Hast du schon mal daran gedacht, ob es in der Toilette geht?"

"In der Toilette? Da hat man doch kaum Platz, seine Hose runter zu lassen."

"Los, wir probieren es!"

Martina steht auf.

"Los, worauf wartest du?"

Andreas hat keine Chance. Er folgt ihr. Dabei muss man natürlich aufpassen, dass keiner sieht, wie sie zu zweit in die Toilette gehen. Das Problem wird sich aber eher beim Verlassen stellen. Wer wird da vor der Tür stehen? Angehende Urlauber natürlich, mit Putenfleisch im Bauch. Die eine Flugzeugtoilette niemals mit Sex in Verbindung bringen würden.

Aber das ist jetzt egal. Martina und Andreas verschwinden in den engen Raum. Sie lachen und wissen nicht, wie das gehen soll. Aber es ist eine Herausforderung, und wahrscheinlich sind sie nicht die Ersten, die in einer Flugzeugtoilette vögeln wollen.

"Wir müssen schnell machen."

Sagt Andreas. Das ist leichter gesagt als getan. Es ist noch enger als gedacht. Er schaut an die Decke. Dort ist der Rauchmelder. Der meldet, wenn einer verbotenerweise auf der Toilette raucht.

"Glaubst du, dass es hier einen Sexmelder gibt?"

"Einen was?"

Martina hat es gerade geschafft, ihr Höschen auszuziehen. Die jahrelange Gymnastik in stickigen Studios trägt jetzt das erste Mal vernünftige Früchte. Andreas befindet sich immer noch in einer unbequemen Unterlage, so wie Ringer bei Olympiaden, die dann mit der Hand auf die Matte hauen, um zu zeigen, dass sie aufgeben wollen. Doch seine Hand wandert schließlich zu Martinas göttlichem Hintern. Da kommt kein Gedanke an Aufgeben auf. Da hat er bisher immer das Denken insgesamt eingestellt.

"Was meinst du mit Sexmelder?"

Andreas bereut seine Bemerkung, die zwar vielleicht einigermaßen geistreich, aber jetzt doch fehl am Platze ist, besonders in diesem Moment sexueller Ernsthaftigkeit. Beantworten muss er die Frage nicht, denn Martina hat es geschafft, sich auf ihren 'Untermann' Andreas so zu platzieren, dass jetzt richtiger Sex möglich ist. Seine enge Unterhose, von H&M für Sex in Flugzeugtoiletten wahrscheinlich konzipiert, kann sie im Nu zerreißen, denn an Ausziehen ist nicht zu denken. Andreas ist ein wenig ungelenk und wollte trotz mehrmaliger Aufforderung nie an einem Gymnastikkurs teilnehmen. Zu esoterisch. Er musste nämlich einmal hineinschnuppern, auf Martinas ausdrücklich nachdrücklichem Wunsch, in einen 'Schnupperkurs' für Männer. Räucherstäbchen glühten und verpesteten die Luft. Und Tee gab's. Auf dem Boden sitzend zu trinken. Nach getaner Verrenkungsarbeit. Seine Augen hatten heftig getränt, seine Haare rochen noch tagelang nach diesem widerlichen Rauch, den sie Duft nennen, obwohl er sich danach lange geduscht hatte. Er haftete. Hartnäckig.

"Sag, dass du mich liebst, begehrst wie beim ersten Mal."

Andreas denkt an das erste Mal, als höchstwahrscheinlich Paul gezeugt wurde. Am Strand von Kalamaki. In wilder Begierde.

Aber was macht Paule jetzt? Irrt er im Gang herum und sucht schreiend und verzweifelt seine Eltern? Ist die ganze Mannschaft schon auf der Suche nach den Rabeneltern? Stehen sie schon vor der Toilettentür?

Andreas kann nicht weiter denken. Er ist tief aufgesogen worden von Martinas Becken. Er schließt die Augen. Es geht also doch auf der Toilette. Und wie. Die griechischen Götter scheinen in Reichweite zu sein. Sie schicken den beiden plötzlich einsetzende Turbulenzen. Zur Unterstützung, denn an rhythmische Bewegung ist in dieser Enge nicht zu denken. Es ruckelt immer gewaltiger. Andreas und Martina genießen es. In der engen Kabine. Die Turbulenzen werden heftiger. Von ferne hört Andreas die Aufforderung, die Toiletten zu verlassen und sich anzuschnallen. Er lächelt. Martina lächelt. Sie sind so gut wie angeschnallt in der engen Kabine. Nur das grelle Licht stört hin und wieder.

"Oh, mein Gott, Paule."

Martina, die Mutter, hat zuerst den Verstand wieder eingeschaltet. Und das kurz vor dem Orgasmus. Mutterliebe, schießt es Andreas durch den Kopf. Die erste Rivalität mit seinem Sohn. Klassisch. Martina gibt Andreas einen Kuss.

"Das war das Vorspiel."

Sie entrenkt sich, steckt ihr Höschen in die Handtasche und schließt die Tür auf. Natürlich steht keiner vor der Tür. Deutsche Urlauber sind diszipliniert. Sitzen angeschnallt auf ihren Plätzen.

"Ich komme mit Sicherheitsabstand nach."

Andreas schließt die Tür hinter Martina wieder ab. Er setzt sich auf das Klo. War das nun richtiger Sex? Was ist richtiger Sex? Muss man einen Orgasmus haben oder genügt schon das simple Eindringen?

Männerperspektive. Vielleicht ist für Frauen schon ein inniger Kuss Sex. Ohne eine Hand an sekundären oder gar primären Geschlechtsorganen. Er denkt plötzlich an Wilhelm Reich, den Freud-Schüler. 'Funktion des Orgasmus'. Pflichtlektüre für politisch bewusste Studenten in den sechziger Jahren. Wem hat er das Buch nur geliehen? Willi, dem alten Weiberheld von Wandsbek? Es war ein Raubdruck, also illegal, denn deutsche Lektoren hatten keine Ahnung von den politischen Strömungen der Zeit. Sie hingen hoffnungslos hinterher. Wie heute noch.

Er steht langsam auf und schaut in den Spiegel. Die Turbulenzen haben nachgelassen. Offensichtlich muss man nicht mehr angeschnallt sein. Es klopft an der Tür. Andreas öffnet und vor ihm steht ein Urlauber, ein sehr deutscher Urlauber, mit amerikanischen Körpermaßen. Er zwängt sich an dem Übergewichtigen vorbei. Der hat keine Ahnung, was vor zwei Minuten das drinnen passiert ist. Es gibt keinen Sexmelder. Eigentlich schade. Aber vielleicht riecht es noch ein wenig nach Sex.

18

"Schau mal Papa, was ich hab."

Paule, unverletzt, hält ihm eine Pistole vor die Nase. Aus Plastik. Täuschend echt. Damit könnte man jeden Hapag-Lloyd-Piloten leicht dazu bewegen, nach Riad oder Mogadischu zu fliegen, statt wie vorgesehen nach Heraklion. Aber Paul hat Anderes im Sinn. Er spritzt seinen Vater nass und lacht.

"Wo hast du die denn her?"

Andreas wischt sich die nasse Munition von der Stirn. Mein Kind ist militant, denkt er besorgt. Er wird doch nicht etwa freiwillig zur Bundeswehr gehen? Doch seine Bedenken verflüchtigen sich schnell. Sein Sohn ist in einem unschuldigen Alter. Diese Pistole ist keine Waffe. Er erinnert sich an seine Kindheit. Wie er sich Pistolen geschnitzt und damit andere Jungs erschossen hat. Sie mussten dann tot umfallen. Bis die Rollen vertauscht wurden und die anderen ihn totschossen. Er lag dann gerne tot auf dem Schlachtfeld; denn er konnte wieder aufstehen und weitermachen. Und trotz seiner 'militanten' Vergangenheit hat er den Kriegsdienst verweigert, weil er sich nicht vorstellen kann, jemanden wie sich totzuschießen.

Paule hat inzwischen drei weitere Passagiere erschossen und ist nun gelangweilt. Sie fielen nicht um, sondern sitzen lebendig und lächelnd in ihren engen Sitzen.

"Ich hab Hunger."

Kein Wunder nach dem gewonnenen Krieg gegen die Passagiere. Paul bekommt eine Banane und will auf Martinas Schoß.

"Wir befinden uns im Landeanflug auf Heraklion und bitten die Passagiere, ihre Plätze einzunehmen und sich anzuschnallen."

Endlich. Martina und Andreas werden bald da sein, wo sie sich vor drei Jahren begegnet waren und nicht im Traum daran gedacht hatten, dass aus ihnen ein Paar werden könnte. Wegen Jasmin und wegen Martin.

## Taxi nach Kalamaki

"Do you know Kalamaki?"

"Yes. Beautiful place."

Sagt der extrem türkisch aussehende kretische Taxifahrer. Er muss drei große Koffer in seinen Kofferraum hieven. Er schwitzt dabei, mit Kippe im Mund. Unter seinem Arm zeichnen sich Schwitzflecken ab. Er hat dieses Hemd an, das alle Griechen anhaben. Ein Ensemble aus gedeckten Streifen auf weißem Untergrund mit kurzen Ärmeln und einer Brusttasche, in der sie gewöhnlich Sachen aufbewahren, wofür Frauen geräumige Handtaschen benutzen. Bündel von Drachmen mit Gummiband drum herum, Zigarettenschachtel mit Feuerzeug, ein Handy und irgendwelche Zettel mit griechischen Buchstaben und Telefonnummern. Der genervte Grieche schaut Martina ein wenig vorwurfsvoll an, als er die Klappe zum Kofferraum schließt. Martina, die vorsorgende Mutter, hat vorsichtshalber lieber mehr eingepackt als unbedingt notwendig. Man weiß ja nie. Schließlich fahren sie nach Kreta. Und der Krieger Paul ist noch ein Hosenscheißer. Und es kann kalt werden oder gar regnen. Im Wonnemonat Mai.

"How much?"

Will Andreas wissen. Doch der Taxifahrer lächelt die Frage hinweg.

"Don't worry. Look the sun."

Und er steigt ein. Paul ist schon von Martina hinten in einem Kindersitz verstaut, den sie extra mitgenommen hatten. In weiser deutscher Voraussicht. Der Taxifahrer braust los und schaltet seinen Kassettenrecorder ein. Kretische Musik. Zum Eingewöhnen. Martina schließt genüsslich ihre Augen und Paule entschlummert sanft.

"How much is it to Kalamaki?"

Andreas muss gegen die Musik anbrüllen. Erst den Preis aushandeln. Er kennt die Taxifahrer. Sie sind überall gleich, wollen unschuldig ankommende Reisende gleich übers Ohr hauen. Wer frisch aus dem Flughafengebäude kommt, ist meistens ahnungslos und bereit, jeden Betrag zu zahlen. Wer kann in dieser Situation schon Drachmen in D-Mark umrechnen.

"Ten thousand."

Sagt der Fahrer lapidar mit Zigarette im Mund.

Anhalten, sofort anhalten, schießt es Andreas durch den Kopf. Zehntausend Drachmen! Siebentausend sind normal. Am Flughafen haben sie extra ein Schild angebracht mit den Tarifen für verschiedene Strecken. "Siebentausend nach Matala" steht darauf. Und Matala ist noch ein paar Kilometer weiter als Kalamaki.

"Hey, it's only seven thousand to Matala."

"It's old."

Antwortet der Taxifahrer lapidar auf Andreas' Einwand.

"From last year."

Er steckt sich eine weitere Zigarette an und singt diesen Text mit, der ein bekannter Song der kretischen Art sein muss. Martina tippt Andreas auf die Schulter.

"Sag ihm, er soll das Rauchen einstellen. Wegen Paul."

Aber Andreas ist mittlerweile in einer Stimmung, die keine Kompromisse mehr zulässt.

"Scheiß auf sein Gequalme. Der will uns abzocken. Das machen wir nicht mit."

"Was willst du tun?"

Fragt Martina leicht verunsichert. Sie kennt Andreas und weiß, er jetzt Stress macht.

"Das einzig Richtige."

Er wendet sich wieder zum Fahrer. Diesmal laut und energisch.

"Stop. Immediately."

Der Taxifahrer ist leicht irritiert. Wahrscheinlich denkt er an einen Notfall. Vielleicht muss jemand sich übergeben oder Ähnliches. Er hält an, auf der Umgehungsstraße von Heraklion. Es gibt keinen Standstreifen. Es gibt nur eine Spur. Andreas springt aus dem Wagen. Der Taxifahrer dreht die Musik leiser.

"Komm, steig aus. Wir fahren keinen Meter mehr weiter mit

diesem Halsabschneider."

Bevor Martina etwas sagen kann, ist der Taxifahrer ebenfalls aus dem Auto gestiegen. Er hat seine Zigarette weggeworfen und schaut Andreas böse an.

"Hast du Halsabschneider gesagt? Zu mir?"

Fragt er in bestem Ruhrpottdeutsch. Und baut sich vor Andreas drohend auf. Martina verdreht die Augen. Sie ahnt Unheil. Hinter dem Taxi beginnt sich der Verkehr zu stauen.

Andreas schaut den kräftigen und wütenden Kerl überrascht an. Der Kreter spricht deutsch. Sogar Dialekt.

"Hör mal, ich hab dreizehn Jahre bei Krupp in Essen gearbeitet, Geld gespart, nach Hause geschickt und dann dieses Auto gekauft. Mercedes. Weißt du, wie viel der hier kostet? Nein? Weißt du, wie viele es hiervon gibt? Mehr als Leute, die damit fahren wollen. Ich habe zwei Stunden am Flugplatz gewartet. Es war heiß. Dann kommst du mit deiner netten Familie. Und ich habe mich gefreut, so nette Leute zu fahren. Und dann sagst du zu mir 'Halsabschneider'. Das ist eine Beleidigung."

Er dreht sich um und schaut auf den entgegenkommenden Verkehr. Dann lässt er seine Zigarette fallen, tritt sie aus und dreht sich langsam um. Er lächelt.

„Gut. Ich mache dir einen Vorschlag. Damit du siehst, dass wir Menschen von Kreta die Fremden lieben und nicht nur ihr Geld wollen. Ich fahre dich und deine Familie nach Kalamaki."

Er geht zurück zur Autotür und dreht sich noch einmal um.

"Und ihr müsst keine einzige Drachme bezahlen."

Er setzt sich ins Auto. Andreas steht unschlüssig da. Scheiße, denkt er. Was nun?

"Was ist das denn jetzt?"

Andreas versteht die Welt nicht mehr, die er als Griechenlandreisender doch bisher sehr gut verstanden hatte. Martina ist ungeduldig und will weiter.

"Steig endlich ein. Es ist heiß hier drinnen ohne Fahrtwind."

Martina fächelt sich und ihrem Kind Luft zu. Der Taxifahrer

zündet sich eine neue Zigarette an und wartet. Er bläst den Rauch demonstrativ aus dem Fenster. Andreas geht ein wenig beschämt zum Wagen und schaut den Griechen an. Bevor er etwas sagen kann, lächelt der Taxifahrer.

"Ich heiße Angelos. Und du?"

Er streckt seine Hand aus.

"Andreas."

"Andreas ist ein sehr sympathischer Name. Ist Griechisch. Steig ein. Sonst kriegen wir noch Ärger mit der Astinomia, ich meine mit der Polizei."

"Wie soll die bei dem Stau denn durchkommen?"

Fragt Andreas augenzwinkernd und steigt ein. Martina schaut ihn vorwurfsvoll an. Andreas hebt die Augenbrauen und die Schultern. Was soll man machen bei so viel Freundlichkeit.

Die Autofahrer hatten sich inzwischen durch intensives Hupen mit dem Gegenverkehr verständigt und sich am Taxi vorbeigedrängelt. Endlich reiht sich Angelos wieder in den Verkehr ein. Martina atmet auf. Es gibt wieder Fahrtwind. Und sie wollen schnell nach Kalamaki kommen, möglichst bevor Paul aufwacht. Sonst erschießt er auch noch den Taxifahrer.

"Wir kommen aus Hamburg."

Martina versucht, die Situation endgültig zu entkrampfen.

"Und unser Sohn, der Paul, ist in Kalamaki gezeugt worden. Er ist sozusagen ein Kreter."

Der Taxifahrer dreht sich um und vernachlässigt zu Andreas' Entsetzen kurzfristig den Verkehr, besonders den entgegenkommenden.

"Paul. Bei uns heißt Paul Pavlos. Nach dem Heiligen Pavlos. Mein Schwiegervater heißt übrigens auch Pavlos und der Sohn meines Bruders heißt auch ..."

"Pavlos."

Wirft Andreas lächelnd ein. Angelos klopft ihm auf die Schulter.

"Bravo. Woher weißt du das?"

Er lacht und dreht die Kassette um.

"Ist Kreta nicht schön? Hier in diesem Tal wächst der beste Wein von ganz Griechenland. Die Trauben werden getrocknet. Ihr könnt sie in Hamburg dann als Rosinen kaufen."

Ein mit Getränken völlig überladener Lastwagen kommt ihnen entgegen. Er fährt in der Mitte der Straße. Offensichtlich orientiert sich der Fahrer am Mittelstreifen, so wie es die Piloten tun, wenn sie hinter dem Follow-me- Fahrzeug in die Parkposition fahren. Andreas wollte schon als Kind gerne in einem dieser kleinen, gelb-schwarz karierten Autos sitzen und die großen Düsenjets sollten brav hinter ihm herfahren.

Angelos hupt geistesgegenwärtig. Der Lastwagenfahrer zieht im letzten Moment nach rechts. Andreas schwitzt. Angelos lächelt.

"Wir Kreter verstehen uns. Meistens erst im letzten Moment."

"Es war fast der letzte Moment von uns allen."

"Oh nein, du denkst zu deutsch. Das Leben ist oft gefährlich. Aber nur am Ende lebensgefährlich."

Also auch noch ein Philosoph. Klar. Wir sind in Griechenland, und da sind sie unter Druck und müssen einen auf Sokrates, Platon oder Diogenes machen. Doch Angelos ist ein praktischer Philosoph. Den jeder versteht.

"Siehst du die Olivenbäume auf den Hügeln? Millionen sind es. Mein Großvater hat ein paar hundert gepflanzt. Sie stehen immer noch in meinem Garten. Und er ist nicht im Straßenverkehr ums Leben gekommen."

"Wie denn?"

"Meine Großmutter hat ihn ins Grab gebracht."

Er schweigt ein vieldeutiges Schweigen. Martina ist neugierig.

"Ihre Großmutter? Hat sie ihn ... ermordet?"

Angelos zündet sich die nächste Zigarette an, nicht ohne Andreas ein weiteres Mal eine angeboten zu haben.

"Mit Worten."

Er lässt die beiden Wörter im engen und mittlerweile stickigen Innenraum seines Mercedestaxis vielsagend stehen.

"Wie kann man jemanden mit Worten umbringen?"

"Es geht. Er konnte es nicht mehr ertragen. Großmutter hat an ihm nur herumgemeckert. Nichts konnte er ihr recht machen. Dann hat er sich einfach nur noch auf die Veranda gesetzt und gewartet, bis Gott ihn erlöst."

Dabei bekreuzigt er sich. Dreimal. Wie übrigens bei jeder kleinen Kapelle. Andreas dreht sich um und schaut Martina an. Sie hebt die Augenbrauen, als wollte sie sagen, dass es mindestens zwei Versionen dieser Geschichte gibt. Wie von jeder Geschichte. Auch von ihrer.

Angelos nimmt elegant die nächste Kurve und deutet mit seiner Zigarette auf ein Bergmassiv, das plötzlich vor ihnen erscheint. Unwirkliche, steil aufragende Berge ohne jegliche Vegetation.

"Seht ihr? Dort oben hatten sie den kleinen Zeus versteckt, in einer Höhle. Sein Vater wollte ihn töten lassen."

Er deutet auf das Ida-Gebirge. Dabei muss er auf die engen Kurven achten, die Andreas auf dem Weg zum Ort der Heiligen Barbara an seine erste Fahrt nach Kalamaki erinnern. Wie er im Bus saß, mit den Griechen und fast dieselbe Musik hörte, und wie sich direkt vor ihm ein Kind übergeben musste wegen der vielen Kurven, und wie der Geruch sich in der stickigen Luft rasend schnell ausgebreitet hatte, und wie die Mutter des Kindes den hilflosen Versuch unternahm, das Erbrochene mit einem Tempotaschentuch aufzuwischen. Und wie er dabei angestrengt aus dem Fenster geschaut hatte, auf eben diese Berge mit der Zeushöhle, um sich vom Gestank abzulenken, was nur teilweise gelang. Schließlich musste er ja atmen, was er möglichst flach tat. Aber es war die Reise zu Jasmin. Eine fabelhafte Reise in die Ungewissheit. Selbst in der stickigen Luft des Busses konnte er ihren Duft herbeizaubern. Ihr Lächeln und ihre Anmut. Dabei hatte er sie nur ganz kurz gesehen, auf Elkes Party in Hamburg. Sie hatte ihn im Vorbeigehen angeschaut, mit einem Blick, der so tief in ihn drang, dass er ihn nicht mehr loswerden konnte. Er musste ihr nach Kreta folgen, ohne die Folgen zu erahnen. Liebe, dachte er, das ist die berühmte

Liebe auf den ersten Blick.

Jetzt sitzt er im Taxi mit seiner Freundin Martina und sieht, wie der Taxifahrer Angelos von der Hauptstraße plötzlich abbiegt. In eine Schotterstraße. Andreas stößt ihn an.

"Das ist nicht die Straße nach Kalamaki!"

"Keine Panik. Ich mache nur einen kleinen Umweg. Mein Kind ist heute morgen plötzlich krank geworden. Ich habe versprochen, so schnell wie möglich vorbeizukommen. Ihr könnt meine Frau kennen lernen. Sie war auch in Deutschland."

Er hält schließlich in einem kleinen Dorf. Eine kleine Erfrischung, ein Tee oder ein Kaffee wären für die weitere Reise gerade richtig, hat er noch hinzugefügt. Was soll man also machen?

Da Paule bereits seit einiger Zeit wieder verdächtig roch, wäre es keine schlechte Idee, obwohl sie später als geplant in Kalamaki ankommen würden. Meinte Martina.

Die Familie ist eine kretische. Die Frauen sehen Kinder und sind hingerissen. Noch ehe Martina sich versieht, ist ihr Kind in den Händen von Elpida, der Frau des Taxifahrers und Ismini, ihrer Schwester, die den staunenden Paule in Nullkommanichts von seinen Exkrementen befreien und neu wickeln. Paul ist begeistert. Schließlich ist er ja fast ein Kreter.

Angelos sitzt mit Andreas auf einer kleinen Terrasse. Sie schlürfen Kaffee und schweigen. Das alte Steinhaus ist seit ein paar Jahren unter einer modernen Betonkonstruktion verschwunden. Ein Stockwerk konnte dann draufgesetzt werden. Fortschritt der kretischen Art.

"Jetzt haben wir endlich ein eigenes Schlafzimmer."

Angelos deutet auf das Fenster im ersten Stock.

"Seitdem können wir in Ruhe ... na du weißt schon."

Er lacht und strahlt Zufriedenheit aus.

Vor ihnen breitet sich ein kleiner Garten aus, in dem eine Ziege an einen Olivenbaum angebunden ist. Sie meckert. Wahrscheinlich hat sie Hunger oder Durst oder Langeweile.

Despina, schießt es Andreas durch den Kopf, die erste Ziege, die er persönlich kennen gelernt hatte, damals, vor drei Jahren, auf der Ladefläche des Pick-ups der Griechen, die ihn mitgenommen hatten nach Kalamaki. Diese Ziege, die ihn so treu angeschaut und dabei ein wenig gerülpst hatte wegen des Wiederkäuens, und von der dann ein paar Tage später zu seinem Entsetzen ein kleiner gekochter Teil auf seinem Teller lag. Auf einem Berg Reis. Beim Hochzeitsessen. Er hatte es nicht angerührt. Das wäre Verrat gewesen.

Angelos bietet ihm wieder eine Zigarette an. Andreas lehnt dankend ab. Zum zehnten Mal oder öfter. Er raucht immer noch nicht und wird sich auch in Griechenland das Rauchen nicht angewöhnen, obwohl sie, die Raucher, es immer wieder versuchen.

Angelos ist da anders. Er saugt an der Zigarette wie ein durstiges Kind an der Mutterbrust.

"Sie gibt viel Milch. Wir machen Misitra daraus. Kennst du das?"

Andreas kennt es nicht, und deshalb liegt kurze Zeit später ein Stück von diesem weichen Ziegenkäse vor ihm. Mit Brot und Oliven. Er probiert ihn brav. Er schmeckt phantastisch, frisch und leicht würzig. Gar nicht nach Ziege. Elpida bringt noch Gurken und Tomaten. Und Raki, das Teufelszeug, das die männlichen Kreter zum Leben notwendig brauchen.

"Gefällt es Ihnen hier bei uns?"

"Oh, ja, wunderbar."

"Meine Schwester sprich leider kein deutsch. Können Sie griechisch?"

Eine schwer zu beantwortende Frage. Natürlich hat er fleißig gelernt, er kennt viele Wörter, aber mit dem richtigen Zusammensetzen, da hapert es dann doch. Also richtig Griechisch kann er nicht.

"Ich versuche es zu lernen. Es ist ziemlich schwer."

"Ich habe auch lange gebraucht, um Deutsch zu lernen. Hier in Griechenland verliere ich es langsam wieder."

"Sie sprechen doch sehr gut Deutsch."

"Ich habe Schwierigkeiten. Die Wörter fliegen weg. Wenn Sie verstehen, was ich meine."

Sie geht mit einem Lächeln.

Es sieht ganz so aus, als ob die Reise nach Kalamaki ein wenig anders verläuft, als er sich das vorgestellt hat. Und wo ist eigentlich Martina?

Er hört Paul. Er schießt wieder. Das hört man. Er kommt um die Ecke und bespritzt die beiden mit Wasser. Mit dem Kind, das so krank sein soll. Es scheint eine Spontanheilung vorzuliegen. Oder der Kreter hat gelogen, wie es die Art der Kreter zu sein scheint. Deshalb darf man es ihnen auch nicht übel nehmen.

"Kalo paedi." Sagt der kinderfreundliche Grieche. Andreas hat auch andere erlebt. Griechen, die ihre Kinder schlagen. Bei einer Familienfeier in einer Taverne, als ein braves Mädchen aus Versehen ein Glas umgestoßen hatte und das Wasser auf die Hose ihres Papas tropfte. Mit dem Handrücken hat er zugeschlagen, ohne Worte. Das Mädchen war so verdutzt, dass es zunächst noch nicht einmal weinen konnte. Als sie dann den Schmerz und die Demütigung spürte, da traute sie sich nicht mehr zu weinen. Sie schaute sich um, mit Tränen in den Augen. Suchte den Blick ihrer Mutter. Doch die beachtete ihre Tochter nicht. Kein Trost. Dann der Blick zu Andreas. Er lächelte ihr zu und zwinkerte mit den Augen. Die Kleine in ihrem weißen Kleidchen schaute ein wenig schuldbewusst zurück. Andreas nahm sein Glas und prostete ihr heimlich zu. Sie blickte sich ängstlich um. Ihr Vater war in ein heftiges, das heißt lautes Gespräch verwickelt, ohne seine kleine Prinzessin zu beachten. Es ging um irgendetwas Belangloses. Autos und Benzinpreise. Soviel konnte Andreas verstehen. Ihre Mutter schaute jetzt ein paar Mal verstohlen hinüber, aber sie wagte offensichtlich nicht, in den rigiden Erziehungsprozess ihres Mannes einzugreifen.

Andreas' tapfere Freundin aß brav ihre Pommes frites und schaute immer wieder zu Andreas hinüber. Ein kleines Lächeln meinte er nach einiger Zeit zu bemerken. Er hätte sie am liebsten in den Arm genommen und ihr ein großes Eis spendiert. Das wird sie sicher gemerkt haben.

"Ihr bleibt natürlich hier. Ich fahre euch morgen früh nach Kalamaki."

Angelos lässt mit diesen Worten keinen Widerspruch zu. Elpida schüttelt energisch den Kopf.

"Er hat Raki getrunken. Ich lasse ihn nicht mehr fahren."

Elpida hat die Hosen an. Keine Frage.

"Wir haben genug Platz für euch."

Andreas schaut sich um. Wo soll hier Platz für eine weitere Familie sein? Es gibt ihn offensichtlich. Paule liegt schon längst im Bett mit dem gleichaltrigen, spontan genesenden Giorgos und schlummert sanft. Andreas und Martina müssen im Ehebett schlafen. Befehl von Angelos. Und keine Widerrede.

Martina und Andreas genießen noch eine Weile die Ruhe auf der Terrasse. Der Mond traut sich offenbar nicht, diese Idylle zu stören. Er überlässt den Sternen das Ambiente für philosophische Anwandlungen.

"Schau, Martina, ist es nicht wunderbar, hier zu sitzen? Eine lauwarme Sommernacht unter südlichem Sternenhimmel. Hättest du in der Hektik am Flughafen gedacht, dass wir abends auf der Terrasse einer griechischen Familie sitzen, die wir erst seit ein paar Stunden kennen?"

Martina lächelt dieses Mutterlächeln.

"Und unser Kind ist sofort eingeschlafen, neben einem völlig fremden Kind. Obwohl er kein Auswärtsschläfer ist."

Sie fasst Andreas am Arm und schaut ihn an. Auf eine ganz besondere Art.

"Ich möchte noch ein Kind. In dieser Nacht. Es wird ein Mädchen werden. Ich weiß es. Und du kannst dann endlich die roten Lackschühchen kaufen."

Sie gibt ihm einen Kuss und steht auf.

"Der Mond sagt mir, es ist die Nacht der Nächte."

"Aber er ist doch gar nicht zu sehen!"

Wendet Andreas ein.

"Er wird gleich aufgehen. Dann werden wir von seiner ganzen Energie erfasst und in meinem Bauch wird unser zweites Kind der Liebe wachsen."

Ein Rückfall in frühere, esoterische Irrungen. Andreas sieht nachdenklich hinterher, wie Martina die Treppe hoch ins Schlafzimmer geht. Sie meint es offensichtlich ernst. Sie will noch ein Kind von ihm, eine Tochter. Was gibt es Schmeichelhafteres für einen Mann! Zumal es mit Sex verbunden ist. Aber was hat dieser verdammte Mond damit zu tun, der sich noch nicht einmal hat blicken lassen? Gut, er ist für Ebbe und Flut zuständig und für spezielle Sachen der Gravitation, aber hilft er wirklich dabei, mit seinen schwachen Strahlen, die nur das Sonnenlicht reflektieren, seinen Samen in Martinas Schoß fruchtbar werden zu lassen? Trotzdem ruft er ihr erwartungsfroh hinterher.

"Ich komme gleich."

Wir könnten sie Paula nennen. Aber will er wirklich noch ein Kind? Mit ihr, die er als hoffnungslose 'Eso-Tante' kennen gelernt hatte? Sie hat sich verändert, in den drei Jahren außerhalb des Schwabenlandes, hat im hohen Norden das Studieren angefangen. Krankenschwester wollte sie nicht ewig bleiben. Sie hatte Glück und bekam einen Studienplatz für Medizin. Und nun will die Studentin Martina noch ein zweites Kind. Die Hormone müssen es sein, jene unberechenbaren biologischen Teilchen, die für Verwirrung sorgen. Und für ein vorhersehbares finanzielles Chaos.

Doch Andreas geht den Weg seines weiteren Schicksals. Er hat sich den Mächten seiner Natur ergeben. Und er wird es nicht bereuen. Das weiß er. Also geht er hoch und öffnet die Tür. Was er dann sieht, ist eine griechische Göttin aus lebendigem Marmor. Sie liegt im Ehebett von Angelos und Elpida und schaut ihren Liebsten erwartungsfroh an.

Eine kleine, nüchtern betrachtet geschmacklose Nachttischlampe, wahrscheinlich ein kultureller Baumarkt-Import aus Deutschland, erhellt ein wenig hilflos die eher schlichte Umgebung. Andreas, ein Mann, der keiner Schönheit, in welcher Form auch immer, widerstehen kann, wird jetzt natürlich schwach und schwächer. Wer würde das nicht, bei diesem Anblick vollkommener Weiblichkeit, denkt er entschuldigend. Warum entschuldigt er sich? Andreas weiß es nicht. Ein Psychiater wird es irgendwann herausfinden. Er ist schließlich ein attraktiver Mann, sportlich, muskulös. Und sogar noch intelligent, wie er in seinem Abiturzeugnis bestätigt bekommen hat. Eins Komma sechs.

"Willst du denn wirklich auch noch eins, ganz bestimmt ...?"

Martina muss nicht weiter fragen. Sie knipst das Licht aus und zieht Andreas sanft zu sich. Er schließt seine Augen. Sie spüren jetzt nur noch sich, und auch Andreas ist überzeugt, dass jetzt in diesem Moment ein weiterer Erdenbürger gezeugt wird, auf natürlich nachhaltige Weise in gastfreundlicher Umgebung. Das muss ein besonderer Mensch werden. Das ist gewiss. Andreas hört, wie Martina leise "Danke" haucht.

An diese Nacht werden sie sich aber nicht nur wegen der versuchten Zeugung noch lange erinnern. Es gab nämlich auch noch Mücken. Unsichtbare Mücken, die offensichtlich Jahre gewartet hatten, um ein zeugendes deutsches Urlauberpaar gierig und ausgehungert zu überfallen. Nordeuropäisches Blut steht bei diesen Viechern offenbar hoch im Kurs. Wie Kamikazeflieger stürzen sie sich auf Andreas, aber anders als die japanischen Selbstmörder fliegen sie nach kurzem Zustechen wieder in ihre Heimat, die irgendwo zwischen den Holzbalken an der Decke oder draußen in den feuchten Blumentöpfen ist. Es juckt. Andreas kratzt sich. Martina wird wach. Es ist stickig.

"Was ist los?"

"Scheiß Mücken."

"Ignoriere sie und schlaf weiter."

Andreas steht auf und sucht den Lichtschalter.

"Was machst du?"

"Ich suche den Lichtschalter."

"Bist du verrückt? Wenn du Licht machst, dann kommen sie erst recht."

Andreas schüttelt den Kopf. Im Dunkeln. Was für ein Irrtum. Soll er seiner unwissenden Freundin jetzt etwa einen Vortrag halten über Mücken und deren Stechverhalten, über ihr außerordentlich ausgebildetes Geruchsorgan, mit dem sie sich orientieren und nicht wie die blöden Motten vom Licht angezogen werden und dann übel riechend verbrennen? Nein, Mücken sind mindestens eine Klasse besser. Oder höher. Diese cleveren Vampire haben schon Legionen von Urlaubern die Ferien vermiest, ihnen schlaflose Nächte beschert. Nach zwei Wochen waren sie froh, wieder in heimischen, gut durchlüfteten Schlafzimmern mückenfrei durchzuschlafen.

Und nun steht Andreas hier mitten in einem dunklen Raum und sucht den verdammten Lichtschalter, um den Hautschaden zu inspizieren und irgendein ein Zeug aus einer Tube draufzuschmieren, das den Juckreiz mindert. Ihm fällt der medizinisch klingende Name Autan ein, aber das muss man vorher draufschmieren. Spucke soll auch helfen, sagte seine Oma. Aber erst einmal Licht machen

"Mich haben sie auch gebissen."

Ein schwacher Trost aus Martinas Mund. Sie beißen nicht, denkt Andreas, sie stechen. Aber er liebt seine Martina und ihre Art, die Wirklichkeit zu sehen. Vielleicht sieht sie die Welt ja doch richtig und er liegt daneben. Wer weiß?

"Mach doch endlich Licht!"

Andreas tastet sich an der Kalkwand entlang. Irgendwo neben der Tür muss der Schalter sein. Nicht so in diesem Haus. Er streichelt die rau verputzte Wand und findet ihn nicht. Langsam dringt etwas Helligkeit durch das kleine Fenster in den Raum, vom gerade aufgehenden, schwachen Mond. Er beleuchtet Martina auf diese sanfte Art, die Haut auf wundersame Weise glänzen lässt. Sie sitzt jetzt aufrecht im Bett. Andreas sieht, wie sie ihre wohlgeformten Arme betrachtet und langsam mit ihrer Hand über ihre Schulter streicht. Er liebt sie in diesem Moment sehr. Sie schaut zu ihm herüber.

"Fünf oder sechs Stiche. Allein auf meinem rechten Arm."

Das Laken rutscht langsam die Schulter runter und gibt Martinas Busen frei. Pauls Nahrungsquelle. Wie oft hat er beobachtet, wie Paule an ihrer Brust gesaugt hatte, gierig, um dann urplötzlich satt in ihren Schoß zu sinken und sofort in einen tiefen Schlaf zu fallen. Andreas hatte in der Vorpaulezeit auch an Martinas Busen gesaugt, wie ein Verdurstender. Es war pure Liebe, die aus ihrem Busen floss, und er sank ähnlich wie sein Sohn vor Erschöpfung in ihren Schoß.

Seine Mutter hatte ihn fast zehn Monate gestillt. Weil er dann so schön ruhig war und die Nacht durchschlief, hatte sie unschuldigerweise erzählt. Aber wahrscheinlich hatten beide Spaß gehabt oder besser eine erotische Beziehung, die einzige erotische Mutter-Sohn-Beziehung, die unsere Gesellschaft billigt.

Andreas vergisst den Schalter und legt sich wieder auf das Ehebett. Es ist verdammt hart, aber das spürt er jetzt nicht. Er nähert sich langsam Martinas Busen.

"Martina, du siehst wunderschön aus."

Säuselt er.

"Im Dunkeln. Vielen Dank!"

"Nein, der Mond lässt deinen wunderbaren Körper in einem Glanz erstrahlen, der nur in Griechenland möglich ist. Wie damals am Strand. In unserer ersten Nacht."

Martina zieht vor Schreck das Laken hoch und bedeckt ihren Busen.

"Was ist in dich gefahren?"

Er streichelt ihren Mückenarm und zieht das Laken langsam wieder runter. Martina zieht es wieder hoch.

"Damals am Strand, da hast du doch nur an Jasmin gedacht."

Andreas legt sich seufzend auf den Rücken und starrt an die Decke. Eine weitere scheußliche Lampe hängt direkt über ihm, und er bezweifelt, dass sie sachgemäß angebracht wurde. Jasmin, an sie hat er tatsächlich gedacht, aber gottverdammt noch mal nicht in der Situation am Strand, in der Paul gezeugt wurde. Da hat er überhaupt nicht gedacht. Er war einfach scharf auf Martina.

"Baby, ich schwöre dir zum soundsovielten Male: ich habe nicht an sie gedacht. Ich wollte dich und keine andere. Jasmin war eine fixe Idee, mehr nicht."

"Und warum wolltest du dann unbedingt wieder nach Kreta fahren? Warum nicht nach Italien oder an die Ostsee, in die neuen Bundesländer?"

"Auf Kreta fühle ich mich wohl. Paul wurde dort gezeugt. Ich liebe diese Insel. Schau, wie gastfreundlich unser Taxifahrer und seine Familie sind. Wir liegen in ihrem Ehebett, und wir wissen nicht, wo die beiden schlafen. Paule liegt nebenan bei einem völlig fremden Kind und schläft sanft. Wo findest du das sonst noch? Stell dir vor, ein Grieche kommt in Hamburg aus dem Flughafengebäude, steigt in ein Taxi und der Fahrer lädt ihn nach einigen Irritationen über den Fahrpreis in sein Haus in Wellingsbüttel, Volksdorf oder gar Eppendorf ein und überlässt ihm auch noch das geheiligte Schlafzimmer, das er frisch durchlüftet dem völlig fremden Griechen mit samt seiner Familie zur Verfügung stellt. Und sie noch freundlich bewirtet."

Martina dreht sich zu Andreas. Sie gibt ihm einen Kuss auf die Wange.

"Du hast ja recht. Aber ich bin immer noch eifersüchtig auf Jasmin."

Andreas nimmt sie in den Arm. Seine Stiche jucken plötzlich nicht mehr. Er küsst ihren Busen, ihren Bauch und will noch tiefer. Martina nimmt seinen Kopf langsam, aber bestimmt hoch und schaut ihm in die Augen.

"Was ist, wenn du Jasmin in Kalamaki wiedersiehst?"

Andreas braucht nicht zu antworten. Paul steht in der Tür.

"Es juckt überall."

## Taxi nach Kalamaki - zweiter Versuch

"Ihr müsst uns unbedingt in Deutschland besuchen. Unsere Adresse habt ihr ja. Und vielen Dank noch mal für alles."

"Wir kommen euch schon nächsten Sonntag in Kalamaki besuchen. Ein Tag am Strand. Ich wollte schon immer mal nach Kalamaki."

Elpida winkt und weint. Angelos' Taxi fährt langsam den Schotterweg zur Hauptstraße.

"Zigarra?"

Fragt er lächelnd.

"Nein, immer noch nicht."

Antwortet Andreas.

"Schade. Wenn du rauchst, bist du ein richtiger Grieche. Wenn du nicht rauchst, bist du ein gesunder Grieche."

Er lacht und zündet sich eine Zigarette an.

"Ich blase den Rauch aus dem Fenster, endaxi?"

Endaxi. In Ordnung. Paule sitzt hinten neben Martina und hat für alle Fälle seine Wasserpistole bereit. Sie scheint ihn zu beruhigen.

"Wieso eigentlich Kalamaki?"

Will Angelos wissen.

"Wieso nicht Chania oder Paleochora?"

Ja, warum Kalamaki? Eine gute Frage.

"Wir haben uns da kennen gelernt. Und es gibt dort schöne Frauen."

Martina von hinten. Andreas dreht sich um. Martina lächelt. Paule hat kein Wasser in seiner Pistole. Er beginnt zu quengeln.

"Schöne Frauen und schöne Männer."

Martina korrigiert sich.

"Sie meint Martin."

"Wer ist Martin?"

"Ihr erster Mann."

"Martin war meine erste Beziehung. Ich habe ihn wegen Andreas verlassen und es nie bereut."

Ein Konversation von zwei Menschen über einen Dritten. Der Dritte ist naturgemäß einigermaßen verwirrt und fühlt sich fehl am Platze und unwohl. Doch das stört die beiden nicht.

"Andreas war wegen einer Anderen in Kalamaki. Ich war ..."

Hier stockt sie.

"Du warst der Hammer. Ich habe dich gesehen und es war um mich geschehen."

"Weil diese blöde Zicke dich hat abblitzen lassen."

"Gut, ich bin ihretwegen nach Kalamaki gefahren. Aber da kannte ich dich noch nicht. Ich wusste nicht, welch schöne Blume im Schwäbischen wächst."

Martina verdreht bei dieser Bemerkung ihre Augen. Angelos versucht sich auf den Verkehr zu konzentrieren, was ihm bei dieser leicht gereizten Unterhaltung nicht leicht fällt.

"Wasser."

Tönt es aus dem Fond. Paule will Wasser für seine Wasserpistole, was ein durchaus nachvollziehbarer Wunsch ist. Angelos hat Wasser. Wasser aus den Bergen Kretas. In einer Plastikflasche. Kostbares Trinkwasser aus Zaros fließt in Pauls Pistole.

"Aber nicht schießen."

Angelos spürt schon das eiskalte Wasser aus dem Idagebirge in seinem Nacken. Das würde seine Konzentration auf den Verkehr stören. Doch Paule begnügt sich mit Schießgeräuschen. Irgendwie muss er ahnen, dass das Wasser vom Idagebirge zu kostbar ist, um in die Gegend geschossen zu werden. Schon gar nicht auf Taxifahrer. Er schießt sich Wasser in den Mund. Offensichtlich hat er Durst.

Angelos hat auch Durst, vom vielen Kurvenfahren und Rauchen. Er hält vor einem Kiosk in Aghii Deka, einem kleinen Ort, den Zehn Heiligen gewidmet und wie Aghia Varvara an der Straße gebaut. Wer aber sind diese Zehn? Keiner kann es ihm sagen.

"Bin gleich wieder da. Soll ich für euch auch was mitbringen?"

"Bier wäre schön, wenn es kaltes gibt. Und du, Schatz?"

"Wasser."

Angelos wollte natürlich hauptsächlich Zigaretten kaufen. Aus denen ein lebenswichtiges Elixier rinnt, das ihm irgendwann, hoffentlich nicht so bald, den Tod bringen wird. So hat er es durchaus realistisch eingeschätzt. Aber, was soll man machen, wenn man Taxifahrer ist und dauernd Stress mit den anderen Fahrern hat. Wegen der Fahrgäste, den ausbleibenden Touristen. Da muss man doch rauchen.

Ein junger Mann, mit Gitarre auf dem Rücken und einer kleinen Tasche in der Hand, steckt seinen Kopf ins Taxi.

"Fahrt ihr zufällig nach Kalamaki?"

Andreas schaut den Langhaarigen an und schmunzelt. So ähnlich sah er auch einmal aus. Als er mit Gitarre auf Ibiza war. Mein Gott, wie lange ist das her? Er war ungefähr zwanzig und dabei, ein Rockstar zu werden oder zumindest ein zweiter Bob Dylan. Bei den Weibern lag man damals in diesem Outfit ganz vorne. Er hatte auch eine gute Stimme, nicht so wie Bob Dylan, eher wie Maurice Gibb, der Sänger der Bee Gees. Angelika mochte die Bee Gees. Und somit auch ihn. Sie kam aus Oberursel. Kurze Zeit später war er unter Ursel. So hatte er scherzhafterweise ihre kleine, aber heftige Beziehung beschrieben, was Angelika keineswegs als frauenfeindlich empfand, sondern eher als originell, denn damals gab es noch keine Frauenfeindlichkeit. Diese männliche Einstellung war Standard. Gesellschaftlich akzeptiert. Den Weiberrat der Achtundsechziger hatte frau vergessen.

"Klar doch, steig ein. Wir fahren zufällig nach Kalamaki."

"Wahnsinn, so ein Zufall. Und ihr meint das im Ernst? Es ist doch schon ziemlich voll in eurer Hütte."

"Kein Thema, steig ein. Wir rücken zusammen. Ist doch in Ordnung, Martina, oder?"

Martina findet das gar nicht in Ordnung, aber es sind ja nur noch ein paar Kilometer, da kann man doch ein wenig zusammenrücken und einem Landsmann in der Fremde helfen. Außerdem sieht er gut aus, denkt Martina, wenn er sich noch ein wenig die

Haare schneiden und die albernen Klamotten wechseln würde, dann wäre er bestimmt ein attraktiver Mann.

Martina rückt näher an Paul, der ein wenig irritiert guckt. Der junge Mann startet den hilflosen Versuch, seine Gitarre und sein Gepäck mit in den Innenraum zu nehmen. Da kommt Angelos zurück und hat ein Wörtchen mitzureden. Schließlich ist es sein Taxi.

"Was geht hier vor?"

Fragt er erst einmal im Allgemeinen. Dann wird er konkreter, mit Wasserflaschen und Bierdosen in der Hand.

"Das Taxi ist voll, sehen Sie das nicht? Und außerdem will ich keine Gitarre im Taxi haben."

Martina schaltet sich ein.

"Er hat gefragt, ob wir ihn nicht mit nach Kalamaki nehmen können. Hast du etwas dagegen? Wir können doch die letzten Kilometer ein wenig zusammenrücken."

Angelos verteilt die Getränke mit mürrischem Gesicht.

"Wenn ihr meint. Solange er nicht auf meinem Schoß sitzt oder "The House of the Rising Sun" spielt, meinetwegen. Die Gitarre muss aber in den Kofferraum. Sicherheitshalber."

Schweren Herzens verstaut der Tramper seine geliebte Gitarre im Kofferraum und setzt sich neben Martina. Wenn dieser Dylan-Verschnitt sich jetzt vorstellt und sagt, dass er Martin heißt, dann wird Andreas einen hysterischen Lachanfall bekommen und ihn entweder küssen oder aus dem Auto schubsen.

"Der nette Mann da vorne rechts ist mein Freund Andreas, das ist Paul, unser Sohn, und der Fahrer ist unser Freund Angelos."

"Ich bin der Sebastian. Aus Schwäbisch Hall."

Martina sieht ihn überrascht an.

"Ein Landsmann? Ich bin aus Stuttgart."

"Aus der Nähe von Stuttgart."

Kommt es korrigierend vom Vordersitz. Andreas fühlt sich berufen, seine Freundin aber dann doch lieber in den sicheren Norden zu verpflanzen.

"Du bist nur aus der Nähe von Stuttgart und jetzt aus Hamburg.

Altona, um genau zu sein."

"Aber ich bin schon ein Schwabenmädchen. Das ist man von Geburt."

Andreas seufzt. Martina ist wieder in ihren schwäbischen Dialekt verfallen, den er gleichermaßen liebt und hasst.

"Aber unser Paul, der Kurze, ist ein echter Hamburger. Und du die Mutter eines echten Hamburgers."

"Also bin ich dann auch Hamburgerin?"

"Nicht direkt, aber doch schon."

Andreas findet die Diskussion jetzt langsam peinlich und möchte sie beenden. Angelos soll ihm dabei helfen.

"Angelos, bist du zuerst Kreter und dann Grieche oder umgekehrt?"

Angelos schaut ihn ungläubig an.

"Wie oft warst du schon auf Kreta?"

"Es ist das zweite Mal."

"Gut, dann verzeihe ich dir die Frage. Ich bin natürlich zuerst Kreter und dann noch mal Kreter und dann, ganz zum Schluss, Grieche. Und darauf sollten wir jetzt endlich unser Bier trinken, bevor es warm wird. Es ist zwar kein König-Pilsener, aber immerhin kein Wasser."

Er öffnet während des Fahrens die Bierdose und prostet Andreas zu.

"Auf einen schönen Urlaub in Kalamaki."


## Kamilari

Ein Ortsschild mit Einschusslöchern verrät, dass auf Kreta gern noch geschossen wird, besonders bei Hochzeiten. Aber auch gern bei Scheidungen. Nur dann schießt man nicht auf Schilder oder in die Luft. Und es verrät auch noch, dass Kalamaki nur noch lächerliche vier Kilometer entfernt ist. Angelos biegt von der Hauptstraße ab, die nach Matala führt, jenem künstlich mystischen Ort, den sogenannte internationale Hippies in den Sechzigern berühmt gemacht hatten. Sie machten es sich in den kargen Höhlen gemütlich, die seit Jahrhunderten von Seeräubern, Widerstandskämpfern oder einfachen Fischern benutzt wurden, um vor dem oft stürmischen Wetter oder vor grimmigen Feinden Schutz zu suchen. Heute sorgen dort jeden Abend Discos für eine umfassende Beschallung der Bucht mit Rockmusik. Und wie im Reiseprospekt angedeutet, werden dabei am Strand erotische Bedürfnisse befriedigt. Nicht nur bei Vollmond.

Angelos aber steuert Kalamaki an, jenen anderen Ort am Strand des Libyschen Meeres, künstlich auferstanden aus dem unfruchtbaren Sand der Dünen, die der unbändige Wind Meltemi aufgetürmt hat. Aus dem Sand der Dünen konnte nichts anderes wachsen als Beton. Gegossen zu Gerippen, die einmal Häuser werden sollen und im rohen Zustand noch nicht einmal eine Ahnung davon vermitteln.

Doch wie so oft, und offensichtlich besonders in Griechenland, haben die Götter etwas dagegen, dem einfachen Erdenbürger einen reibungslosen Urlaub zu gestatten. Andreas und Martina müssen nämlich durch Kamilari, um nach Kalamaki zu gelangen. Das wäre nicht besonders erwähnenswert, auch wenn dort der eine oder andere Cousin von Angelos wohnt und der prompt den Vorschlag macht, seinen Lieblingscousin Nikos bei dieser Gelegenheit zu besuchen. Für Andreas ist der kleine, von einer niedrigen Mauer umgebene Friedhof am Dorfeingang allerdings von großer Bedeutung. In der Mittagssonne liegt er da wie einer von tausend anderen griechischen Friedhöfen, friedlich, von Zypressen beschattet.

Andreas schaut verstohlen aus dem Fenster. Dort, nach einer schwierigen, aber letztendlich erfolgreichen Beerdigung eines Schreiners, der ebenfalls, wie beinahe die Hälfte der männlichen Bewohner dieses Dorfes, Manolis hieß, dort hatte er im Anschluss an die Feierlichkeiten jene Jasmin getröstet, die Martina so gar nicht mag. Der Schreiner, ein entfernter Verwandter dieser Jasmin, lag nämlich in einem Sarg, der ein wenig zu lang für den Sarkophag war. Was einige Verwirrung und Verzögerung bei den Trauernden und dem Popen hervorrief. Doch auch diese Geschichte hatte ein Happy End. Nach hektischen Sägearbeiten an dem Sarg konnte der Schreiner dann endlich zur Erleichterung der Angehörigen und des Popen hinabgesenkt werden.

Andreas durfte danach, abseits der Trauernden, eine traurige Jasmin küssen, lang und innig, und wie es sich mehr oder weniger zufällig ergab, ging dabei die Sonne glutrot unter. Und mit der untergehenden Sonne war auch Jasmin ganz plötzlich verschwunden. Er stand plötzlich allein da und verstand die Welt nicht mehr, besonders die der Liebe.

Dieser Kuss hallte noch lange nach. Wenn er ehrlich ist, hallt er immer noch. Doch das darf Martina auf keinen Fall merken.

"War es hier, wo du sie geküsst hast, deine 'Traumfrau' "?

Eine unangenehme Frage von hinten. Martina kann es einfach nicht lassen, denkt Andreas und seufzt hörbar. Er hatte ihr dummerweise davon erzählt, es war aber doch vor ihrer gemeinsamen Zeit.

"Das war vor deiner Zeit, meine Liebe. Du hast einen Mann mit Vergangenheit."

Martina muss unwillkürlich lächeln. Sie streckt ihre Hand aus und fährt ihm durch seine vollen, lockigen Haare.

"Ja, mit einer aufregenden Vergangenheit. Die ich leider nicht gehabt habe."

Der Tramper Sebastian hört vergnügt zu und bereut, dass seine Gitarre im Kofferraum liegt. Er hätte jetzt gerne einen Blues gesungen, einen wirklich blauen, von Liebe und Schmerz, jene unzertrennlichen Geschwister extremer Gefühlswelten. Da seine Gitarre außer Reichweite ist, versucht er es mit Philosophie. Er dreht sich zu Martina und schaut ihr in die Augen. Mit einem bedeutungsvoll ernsten Blick.

"Vergangenheit! Gegenwart! Zukunft! Was sind das für hilflose Beschreibungen von etwas, das nicht existiert. Die Zeit! Wie viele haben sich schon darüber den Kopf zerbrochen und Bücher geschrieben. Du siehst zum Beispiel die Hand deines Liebsten und möchtest sie küssen. Eindeutig Futur. Oder? Dann nimmst sie schließlich an deine wunderbaren Lippen und küsst sie. Gegenwart, sagt man, oder? Danach spürt dein Freund nur noch die Feuchtigkeit auf seiner Hand. Vergangenheit des Kusses. Logisch. Die Grammatik der Liebe ist aber anders als die lateinische, die uns die Pauker beigebracht haben. Es ist die einzig richtige Grammatik, in der die Gegenwart doch nur der verschwindend geringe Teil der Zeit ist. Praktisch Null. Sie gibt es fast gar nicht. Wir leben sozusagen ausschließlich in der Zukunft und in der Vergangenheit. Die Zukunft ist also nichts anderes als die Vergangenheit der Gegenwart!"

Er lässt die letzte Bemerkung triumphierend im engen Raum des Taxis stehen. Andreas dreht sich um, nimmt Martinas Hand.

"Ist das jetzt Zukunft? Wenn ich sie küssen möchte?"

"Was sonst?"

"Und jetzt küsse ich sie. Das ist dann Gegenwart."

Er küsst Martinas Hand.

"Es ist Vergangenheit." Wiederholt sich der junge Philosoph. "Alles vorbei. Auch das, was ich jetzt gerade gesagt habe. In diesem Moment ist das eben Gesagte vorbei. Ich plane das Gesagte in der Zukunft, und schon ist es Vergangenheit. Wo ist da so etwas wie Gegenwart?"

Er lehnt sich zurück. Angelos schaut in den Rückspiegel. Er ist Grieche und eigentlich für Philosophie zuständig. Aber diese geistige Eskapade ging ihm dann doch zu schnell. Er schüttelt den Kopf und schaut den fremden Jüngling zweifelnd an. Er hat ja recht, denkt Andreas, Zeit ist eine abstrakte Kategorie. Eigentlich gibt es sie nicht. Sie hilft uns allenfalls, das erbärmliche Dasein zu ordnen. Aber er lebt in der Zeit, die bestimmt wird von Tag und Nacht, von Sommer und Winter. Und nun ist Sommer und er ist in Griechenland, und hinter ihm sitzt die Mutter seines Kindes. Jetzt. Gegenwart. Denn sie sitzt auch noch im weiteren Jetzt da. Aber wie lange noch? Er dreht sich um und schaut in ihre großen Augen, die auch dann sogar noch strahlen, wenn sie müde sind.

"Martina, für mich gibt es nur die Gegenwart. Mit dir und Paul."

Sebastian, der Tramper, schüttelt den Kopf, als wolle er sagen, dass dieser Trottel nichts verstanden hat. Aber bei Andreas haben diese Äußerungen bestimmte Gefühle ausgelöst, die nur oberflächlich mit Liebe benannt werden können. Aber die zeigt er spontan und ehrlich.

"Eine wunderbare Zukunft wartet auf uns Drei, die vielleicht auch Vier oder Fünf werden können."

Martina ist gerührt, nimmt seine Hand und küsst sie sanft.

"Ich weiß, Andreas. Aber, du musst zugeben, es ist nicht einfach mit dir. Besonders nicht mit deiner Vergangenheit."

Paul, in seinem bequemen Kindersitz aus Deutschland, TÜV-geprüft, schaut sich das Ganze eher gelangweilt an. Als wisse er, dass es ein Spiel ist, das sie spielen. Seine Augen fallen langsam zu. Er sieht aus, als träume er von einem erfolgreichen Überfall auf einen Eisladen, mit seiner Wasserpistole in der einen und Schokoladeneis in der anderen Hand. Ein glückliches Kind schlummert ein, in der Geborgenheit seiner Eltern und eines Mercedestaxis.

"Ein Handkuss von einer Frau! Hab ich bisher nur im Film gesehen. Muss ich mir merken. Kommt offensichtlich bei Weibern gut an."

Der Gitarrist tut beeindruckt und lächelt. Er hat weiße ebenmäßige Zähne. Ein Lächeln zum Verlieben. Martina spürt, wie sein Bein ein wenig an das ihre drückt. Fast unauffällig. Er wird jetzt frech, dieser Kerl, der offensichtlich unter Realitätsverlust leidet. Sie in Gegenwart ihres Freundes so plump anzumachen. Wenn sich jetzt seine Hand auf ihr Knie zu bewegen sollte, dann kriegt er was auf die Finger. Martina fühlt sich dennoch ein wenig geschmeichelt. Seitdem sie Andreas kennen gelernt hatte, hat kein anderer Mann sie so direkt angemacht. Keiner hat es gewagt. Sie und Andreas, da mochte keiner dazwischen funken. Und nun dieses Knie mit dem Oberschenkel des Burschen. Und sie lässt es zu.

Angelos bremst vor der scharfen Linkskurve am Dorfeingang. Ein Müllwagen quält sich die steile enge Straße hoch. Er hält kurz vor der Kurve. Zwei Müllmänner steigen aus und holen deutsche Mülleimer vom Straßenrand, klinken sie hinten ein und betätigen einen Hebel, um die Mülleimer hydraulisch hochzuheben. Dann wird der Müll wie in Deutschland in den Müllwagen gekippt. Andreas traut seinen Augen nicht. Müllabfuhr. Und auf dem Wagen steht in großen lesbaren Buchstaben: Haltet Eure Stadt sauber. Was um Himmels Willen ist in den vergangenen drei Jahren hier passiert?

Die Müllmänner stellen doch nun tatsächlich die geleerten Mülleimer genau unter jenen Mimosenbaum, wo er Jasmin geküsst hatte. Was für ein Frevel!

Sentimentalitäten sind allerdings Andreas' Spezialität. Seitdem er das erste Mal verliebt war, schwelgt er gerne in der Vergangenheit, die er mehr oder weniger bewusst zu verklären liebt. Weil er wie alle anderen Menschen im Leben oft unter Ungerechtigkeit gelitten hat, findet er es gerecht, nur die schönen Erlebnisse immer wieder an sich vorüberziehen zu lassen, auch wenn er dabei bemerkt, dass sie sich jedes mal ein wenig weiter von der Realität entfernen. Aber es ist schließlich seine, von störenden Nichtigkeiten gereinigte Erinnerung, und je positiver sie ist, desto zuversichtlicher kann er in die Zukunft schauen. Und die wird in erster Linie von Paul bestimmt. Vom kleinen, blondgelockten Monster mit der Wasserpistole, das friedlich wie ein unschuldiger Engel schlummert. Andreas wüsste nur zu gerne, wovon er tatsächlich gerade träumt.

Der Müllwagen hat sich inzwischen vorbeigequält und hinterlässt den typischen Geruch moderner Zivilisation. Angelos zündet sich eine weitere Zigarette an.

"Nicht auszuhalten, der Gestank."

Und er bläst den würzigen Tabakrauch aus seinem Fenster, als könne er den Geruch von verderbenden Lebensmitteln damit vertreiben. Was der Fahrtwind schließlich schafft. Hinunter geht es jetzt nach Kalamaki. Zum Urlaub, zum Strand, zum sorgenfreien Wälzen auf der Liege. An nichts denken. Und genau das kann Andreas nicht. Wie kann man nur nichts denken? Er muss beständig an alles Mögliche denken. Er sieht sich gerade als älteren Mann, der vor dem Spiegel steht und sich die Haare schneidet, die ihm aus der Nase wachsen. Er denkt an seinen Fußballverein, der jetzt vor einem schweren Auswärtsspiel steht, an seine Oma, die sich einen Enkel wie Paul gewünscht hatte, aber leider kurz vor seiner Geburt gestorben war. Andreas' Gedanken fahren Achterbahn, und er weiß nicht warum.

Dann taucht das Ortsschild auf. Kalamaki. Endlich. Angelos biegt langsam um die erste Kurve. Die berühmten Betongerippe grüßen die Ankömmlinge. Die Wahrzeichen von Kalamaki.

"Wo soll ich euch absetzen?"

"Bei Georgia."

Sagt Martina. Sie weiß, warum. Dort wartet eine kinderliebe Frau. Auf Gäste. Dort hat sie in Andreas' Bett gelegen, in der Hoffnung auf eine aufregende Nacht. Die nicht stattfinden konnte wegen Überfüllung des Zimmers. Freunde, oder besser gesagt Bekannte von Andreas, klopften zu der ungünstigsten Zeit, die sich Liebende vorstellen können, an die Tür und stürmten unaufgefordert hinein, während sie dabei waren, die erste richtige Nacht miteinander zu verbringen. Sunny und Chacko aus Berlin. Andreas gewährte den beiden Heimatlosen Asyl in seinem kleinen Domizil. Sie hatten kein Taxi bekommen und deshalb war das Flugzeug ohne sie nach Berlin abgedüst. Was soll man da machen?

Martina schlief danach mit einer ihr fremden Frau aus Berlin in dem Bett, das noch nach Andreas roch. Andreas und der Freund der jungen Dame aus Berlin mussten mit Wolldecken auf den frisch gewischten Fliesen schlafen. So etwas macht man nur in Griechenland, dachte Andreas, hier herrscht noch die Xenophilie, jene legendäre griechische Gastfreundschaft, die auch kein Tourist ignorieren darf. Da lag er nun auf der harten Realität, die nach Mottenpulver roch und sehnte sich nach Martinas Duft. Da er nicht einschlafen konnte oder wollte, überlegte er, heimlich zu den beiden Frauen ins Bett zu steigen, natürlich nur, wenn er die tiefe Gewissheit hatte, die Berlinerin schlief, um sich an Martina zu schmiegen und eventuell diese abrupt unterbrochene Liebesnacht, ohne die anderen zu wecken, fortzusetzen. Bei dem Gedanken an ihre zarte Haut, die ihn vor drei Jahren von der ersten Berührung an so elektrisiert hatte wie bei keiner anderen zuvor, schlief er dann irgendwann doch selig lächelnd ein. Martina erzählte ihm dann am nächsten Tag, dass auch sie lange kein Auge zugemacht hatte. Sie hatte genau wie er darauf gewartet, dass die beiden 'Einbrecher' endlich einschlafen. Es war schließlich ihre letzte Nacht.

Martina musste am nächsten Morgen zurückfliegen, mit ihrem Martin, dem Heilpraktiker, dem lieben Ahnungslosen. Er hatte nicht bemerkt, seine Freundin die Nacht woanders verbracht hatte. Sie war schon früh schwimmen gegangen, hatte sie gelogen, was sie aber nicht als Lüge empfand. Nachdem Martin eingeschlafen war, hatte sie sich still und leise aus dem Zimmer geschlichen und an die Tür von Nummer 6 geklopft. Pension Georgia. Die Schicksalspension.

"Hier hab' ich dich aufgelesen, einen einsamen Wanderer in der Nacht."

Es war kurz vor Kalamaki. Sie war eine Woche später zurückgekommen und saß erwartungsfroh im Taxi. Es sollte eine Überraschung werden. Und das war sie auch. Andreas, noch beseelt von dem Kuss, den Jasmin ihm nach der Beerdigung gegeben hatte, lief im Mondenschein die einsame Straße nach Kalamaki hinunter. Er war immer noch verwirrt. Der innige Kuss, dann das plötzliche Abwenden. Er fühlte sich so allein und einsam wie selten zuvor. Als Kind, erinnert er sich, hatte er auch einmal dieses Gefühl des Verlassenseins. Er hatte Streit mit seiner Mama und ist auf die Straße gelaufen und weggegangen. Er hatte noch gesagt, dass er nie wieder zurückkommen würde. Doch mit jedem Schritt wurde er langsamer, denn seine Mutter kam nicht rufend hinterher. Er ging schließlich so langsam, dass er fast stehen blieb und sehnsüchtig auf die Stimme seiner Mutter wartete, mit Tränen in den Augen. Endlich hörte er seinen Namen. An der Ecke. Weit weg von zu Hause. Seine Mama kam endlich hinterhergelaufen. Er war erleichtert. Sie liebte ihn also doch. Die Welt war wieder in Ordnung. Er sah, wie eine Tränen aus dem Auge seiner Mama die Wange herunterlief.

Diese sentimentalen Gedanken wurden abrupt von grellen Scheinwerfern unterbrochen. Sie kamen von hinten. Für einen kurzen Moment keimte die Hoffnung auf, Jasmin hätte in ihrer Verzweiflung ein Auto genommen, um ihn zurückzuholen, in ihre Welt. Andreas blieb stehen und schloss die Augen.

Aber der Wagen fuhr vorbei, ein Taxi. Einige Meter weiter sah er die Bremslichter aufleuchten. Doch Jasmin? Er eilte zum Wagen. Und aus dem Fenster schaute Martina, eine glückliche Martina.

Sie war zurückgekommen, eine Woche nach ihrer Abreise. Sie hatte Martin verlassen. Seinetwegen. Sagte sie. Und war aufgeregt. Andreas stieg ein. Was sollte er sagen? Natürlich hatte er sich gefreut, sie zu sehen, aber nicht so wie Martina es sich erhofft hatte.


**The Day Before**

Der Morgen danach ist immer der schlimmste, sagt man. Dann meint man den Abend davor. Und bei dem weiß man manchmal, dass der Morgen danach schlimm sein wird. Andreas weiß es, aber es ist jetzt egal. Endlich wieder in Kalamaki, in der Taverne am Strand. Andreas braucht den Geruch des Meeres, der nirgendwo so köstlich zu sein scheint wie in Kalamaki. Er saugt ihn tief ein.

Angelos sitzt bereits an einem Tisch. Er hat Durst, kretischen Durst. Er denkt gar nicht daran, nüchtern zurückzufahren zu Frau und Kind. Er denkt wahrscheinlich überhaupt nicht mehr. Der Alkohol. Des Menschen Freund und Feind. Andreas überkommen wieder sentimentale Gefühle, hervorgerufen durch die leichte

Abendbrise vom Meer, dem Rauschen der Wellen, der heiter ausgelassenen Stimmung in der Taverne und dem Duft von Jasmin, jenem Strauch, der erst nachts seine volle Wirkung entfaltet und Menschen und sogar Tiere betört. Jasmin, ein süßer Duft der Verführung.

Andreas hat die Augen geschlossen. Er hat viel getrunken. Er musste einiges trinken. Seine griechischen Freunde hatten ihm Begrüßungsgetränke aufgenötigt, Raki, das Männergetränk, da darf man nicht nein sagen, das ist unhöflich. Der Raki scheint die Spreu vom Weizen zu trennen. Andreas ist unzweifelhaft die Spreu, denn er ist schon nach lächerlichen vier Gläsern hinfällig. Und so sieht er auch aus. Martina schaut ihn besorgt an.

"Komm jetzt, es ist genug. Wir können Paul nicht so lange allein lassen."

"Paul ist in guten Händen. Georgia passt auf. Die ist klasse mit Kindern."

Hört er sich sagen und erschrickt. Er bemerkt jetzt, dass er betrunken ist. Aber das hindert ihn nicht daran, noch eine Runde Raki zu bestellen, für sich und seinen Freund Angelos und den Folksänger, wie er Sebastian seit einiger Zeit nennt. Das ist so Sitte in Griechenland.

"Ich geh jetzt, du findest ja hoffentlich den Weg."

Sagt sie genervt und geht. Ehe Andreas etwas sagen kann, klopft ihm Sebastian auf die Schulter.

"Ich muss jetzt auch gehen, bin hundemüde. Vielen Dank noch einmal für den Raki und das Mitnehmen und so."

Sebastian steht auf und geht. Wohin? schießt es Andreas durch den Kopf. Der wird doch nicht etwa ...? Dann lächelt er entspannt. Paul ist ja da. Sein Sohn Paul, der dort unten in den Wellen gezeugt wurde.

"Ich komme gleich wieder."

Sagt er zu Angelos.

"Wo willst du hin?"

"Ans Meer."

48

"Pass auf! Das Meer ist unberechenbar. Geh nicht hinein. Es kann dich verschlingen. Wie eine Frau."

"Ich kenne die Frauen."

Behauptet Andreas und geht hinunter zum Strand. Er versucht die Stelle zu finden, wo er damals mit dieser unbekannten Krankenschwester aus dem Schwabenland gevögelt hatte. Denn viel mehr war es für ihn damals nicht, hatte er lange geglaubt. Er setzt sich in den noch warmen Sand und schaut den Wellen zu, die sich sanft am Ufer brechen. Die Wellen an jenem Abend vor drei Jahren waren höher, heftiger, unheimlicher. Auch damals war er ein wenig betrunken. Und er hatte sich überreden lassen, in einer Stimmung wie heute Abend, noch baden zu gehen. Nackt im Mondenschein. Romantik pur. Wie im Reiseprospekt. Dann klammerte sich Martina an ihn, er war ihr Rettungsring in den hohen Wellen. Ihr Freund Martin war mit den Anderen außer Sicht. Und so lagen sie erschöpft und glücklich in den auslaufenden Wellen, spärlich beleuchtet von der Taverne, von der laute Stimmen herüber drangen. Der Anfang mit Martina.

"Hier bist du!"

Andreas schaut erschrocken hoch. Es ist Angelos.

"Ich wollte mich von dir verabschieden. Ich fahre jetzt zurück."

"Du willst doch nicht etwa ...?"

"Doch", unterbricht ihn Angelos, "ich muss zurück zu meiner Familie. Sie warten auf mich. Sie machen sich Sorgen."

"Du kannst nicht mehr fahren, du hast zu viel getrunken."

"Ein Kreter kann immer fahren. Raki ist sozusagen Zielwasser."

"Wenn dich aber die Polizei anhält, dann bist du dran."

Angelos lächelt und setzt sich zu ihm in den Sand.

"Die Polizei ist jetzt mindestens genau so betrunken wie ich. Glaubst du, die fahren dann noch Auto?"

Andreas schüttelt den Kopf. Er muss einsehen, dass er auf Kreta ist, jener Insel, auf der es die meisten tödlichen Unfallopfer in Europa gibt. Das hat er in einer Statistik gelesen, die von irgendeiner EU-Kommission veröffentlicht wurde. Aber Angelos wird nicht Bestandteil dieser Statistik werden, hofft er. Er kann sowieso nichts machen gegen den Willen dieses freundlichen Familienvaters.

"Fahr vorsichtig, denk an deine Frau und deine Kinder."

Das ist alles, was Andreas noch sagen kann. Angelos kneift ihn freundschaftlich in den Oberarm, so heftig, dass es schmerzt.

"Bis bald. Nächsten Sonntag."

Er steht auf und geht. Andreas schaut aufs Meer. Er fühlt sich plötzlich allein. Beinahe einsam. Bloß nicht wieder sentimental werden, denkt er. Das Meer und die Wellen sind lediglich das Resultat von Naturkräften, von physikalischen Gesetzmäßigkeiten. Sie müssen so sein, wie sie sind. Hoch oder niedrig, sanft oder heftig. Er schaut in den Sternenhimmel. Die Milchstraße. Das lässt sich nicht so einfach erklären wie Wellen oder Wind. Die ist verdammt weit weg. In unvorstellbar großen Sonnensystemen. Und dazwischen weitere Galaxien, größer als die Milchstraße, noch weiter entfernt, in Dimensionen, die in kein menschliches Gehirn passen. Alles Unvorstellbare, besonders das Universum, wird seit Menschengedenken verklärt. Die Sterne müssen dafür herhalten. Aus Hilflosigkeit. Dort oben, denkt er und schaut hoch, dort oben sind irgendwo Castor und Pollux, die Zwillinge, die Dioskuren, die göttlichen Helfer der Männer, die in Seenot gerieten.

Andreas ist im Sternzeichen dieser Zwillinge geboren. Er fragt sich, seit er denken kann, was jene fernen Sterne, nach zwei Sprösslingen des sogenannten Göttervaters Zeus benannt, mit seinem Leben und seinem Schicksal zu tun haben können. Können sie ihn aus Seelennot retten? Wenn er himmelhoch jauchzend oder zu Tode betrübt ist? Er versucht die beiden Burschen zu entdecken, am himmlischen Zelt, doch sie scheinen sich versteckt zu haben hinter Tausenden von ebenfalls unschuldigen Himmelskörpern, um Gläubige und 'Abergläubige' in die Irre zu führen. Doch die reale Macht des Schicksals ereilt Andreas schließlich doch noch unter diesem grandiosen Sternenhimmel. Die Macht einer weiblichen

Stimme von hinten.

"Sag bloß, du hast mich nicht wieder erkannt. Ick saß die janze Zeit in der Taverne und hab dauernd rüberjeguckt und dir zuje-winkt, aber keene Reaktion. Det kann doch wohl nich wahr sein! Schließlich haben wir beinahe jebumst, vor drei Jahren."

Die Vergangenheit holt einen immer wieder ein. Man kann ihr nicht entrinnen. Und schon gar nicht Andreas.

"Sunny! Was machst du denn hier?"

"Schön, dass de dich noch an meenen Namen erinnern kannst. Ick hab uff dir jewartet, een janzet Jahr lang."

Sie lacht und guckt ihn verschmitzt an.

"Nich wirklich, aber ick musste oft an dich denken. Det war ir-jendwie 'ne abjefahrene Situation. Du warst über beede Ohren in diese Tussi verknallt und icke mit meenem Kerl an den Hacken, dem Invaliden."

Sie lacht wieder.

"Umarme mich doch mal. Zur Begrüßung."

Andreas steht auf und umarmt sie. Die Berlinerin.

"Siehste, jeht doch."

Sagt sie und lässt ihn nicht los. Andreas ist sprachlos, was für Sunny ein Vorteil ist.

"Kannst mich zur Begrüßung auch küssen."

Sie schließt die Augen und hält ihm ihren Mund hin. Andreas gibt ihr einen flüchtigen Kuss auf ihre vollen Lippen. Er schmeckt nach Lippenstift, billigem Lippenstift.

"Wir haben dich doch praktisch überfallen und dir 'ne heiße Nacht versaut. Mein Chacko konnte seine Krücken jar nich so schnell sortieren. Und da war det Taxi weg und der Flieger."

Sie gibt ihm noch einen Kuss.

"Danke noch mal für allet. War super von dir. Det macht nich jeder."

Andreas ist ein wenig verlegen.

"Hab ich doch gern gemacht. Ich helfe Landsleuten in der Fremde nun mal gerne."

Sunny lacht und hält ihn immer noch fest.

"Mir hätteste auch helfen können. Ick hatte extremen sexuellen Notstand. Der arme Kerl konnte doch nich. Sein Gips und die Schmerzen und allet."

Mit der letzten Bemerkung zielt sie wahrscheinlich auf die allseits bekannte Tatsache, dass die sexuelle Attraktion bei Langzeitpaaren im Laufe der Zeit immer mehr abnimmt und schließlich gegen Null geht.

"Genaujenommen hab ick jedacht, dass du in der besagten Nacht vielleicht mal rüberrobben würdest. Dein Besuch hat doch tief und fest jepennt ..."

Was für eine absurde Welt der Wahrnehmungen. Wahrscheinlich hat in dieser Nacht keiner geschlafen, auch Chacko nicht, der seine Sunny kannte und mit allem rechnete.

"Und die Dame, die neben dir saß, det war doch ..."

"Das ist die Mutter meines Sohnes."

Andreas findet endlich seine Sprache wieder und will sich aus der Umarmung befreien. Er spürt ihren Körper, der sich gegen seinen drückt, besonders im unteren Bereich. Doch Sunny lässt ihn nicht los.

"Nur die Mutter deines Sohnes?"

Andreas fühlt sich ertappt. Warum hat er nicht gesagt, dass jene Frau aus besagter Nacht seine Freundin geworden ist, mit der er zusammen wohnt und glücklich ist, wenn man Glück als Maßstab für regelmäßigen Sex nimmt, der auch noch für beide befriedigend verläuft?

Er ärgert sich über sich selbst. Warum hat er nicht zugegeben, wie sehr er Martina und seinen kleinen Paul liebt? Er wechselt schnell das Thema.

"Und du, was macht Chacko? Immer noch unglücklich verliebt?"

Sunny löst sich langsam. Hat aber immer noch ihre Arme um Andreas Hals geschlungen. Sie schaut ihn jetzt mit traurigen Augen an.

"Er ist tot."

Was soll er jetzt dazu sagen? Beileid oder ähnlichen Quatsch?

"Es tut mir leid."

Er sieht, wie Tränen ihre Wange hinunter rollen. Ganz langsam, als wollten sie die ganze Traurigkeit dokumentieren.

Etwas tröstlicheres fällt ihm nicht ein. Er kennt sie ja kaum.

"Ich glaube, ich hab ihn umgebracht."

Sagt Sunny leise, beinahe zu sich selbst.

"Umgebracht? Wie meinst du das?"

"Er hat mich wirklich geliebt, aber ..."

Sie stockt und schaut nach oben, als wollte sie Kontakt zu ihm aufnehmen.

"Aber was?"

"Ich konnte nicht zurücklieben. Et jing einfach nich."

Sie legt ihren Kopf auf Andreas Schulter. Sie weint. Er drückt sie tröstend an sich. Was ist das für ein wahnsinniger Ort, denkt er. Am ersten Abend stehe ich hier am Strand und habe eine attraktive Frau im Arm, kurz nachdem meine Freundin zu unserem Kind in die Pension gegangen ist. Wenn sie mich hier jetzt sähe, dann ... Er will und muss nicht weiterdenken. Sunny, die eigentlich Sonja heißt, gibt ihm einen Kuss und lächelt ihn an.

"Danke, Thomas."

Andreas schaut sie entgeistert an.

"Ich heiße Andreas. Und auch vor drei Jahren hieß ich schon Andreas."

Sunny lächelt.

"Ick kann mir keene Namen merken. Aber an Küsse kann ich mich schon noch erinnern. Trinken wir noch einen zusammen?"

Sie gehen zurück in die Taverne. Augenpaare richten sich auf die beiden, die nacheinander die Taverne in Richtung Strand verlassen hatten und nun zusammen zurückkommen. Das sind Indizien genug für Getuschel und Mutmaßungen. Andreas bemerkt das und setzt sich wieder an seinen Tisch.

"Na, wie war's?"

Sebastian, der Gitarrist. Er grinst die beiden an, als habe er sie beobachtet. Er sitzt wieder an seinem Platz. Andreas grinst zurück.

"Und selbst? Doch zurück ins Glück?"

Der Gitarrist schmunzelt und hebt seine Augenbrauen.

"Ich habe inzwischen ein wenig geübt, besser gesagt musiziert."

"Du bist Musiker?"

Sunny ist begeistert.

"Wat spielste denn so? Klassik? Oder Pop? Siehst eher aus wie Pop, aber da jibt es ja heute ooch so Langhaarige am Klavier und klimpern alte Sachen runter."

Sie ist respektlos, aber ehrlich. Sebastian schmunzelt.

"Ich komponiere meine eigenen Stücke."

Andreas schaltet sich ein.

"Wir haben den Komponisten mitgenommen. Er ist nebenbei auch noch 'on the road'. Da erfährt man, wie das Leben ist."

"Ich bin ja auch noch jung und muss Erfahrungen sammeln."

Er schaut dabei Sunny an.

"Mit Frauen, mit richtigen Frauen."

"Nicht so stürmisch, Kleener. Erst mal musst du was spielen. Wat Selbstkomponiertes. Wehe, du spielst "How many roads must a man walk down". Kannst du "Angie"?"

Und dann wendet sie sich an Andreas.

"Hast du schon was bestellt?"

Mein Gott, ich muss jetzt nach Hause, schießt es ihm plötzlich durch den Kopf. Das scheint eine lange kretische Nacht zu werden, und Martina wird von Minute zu Minute saurer. Wahrscheinlich fragt Paul nach seinem Vater.

"Ich muss jetzt gehen, leider. Ich habe Familie."

Sunny schaut ihn empört an.

"Wat, det is doch nicht dein Ernst. Wir haben uns drei Jahre nich jesehen und du willst dich jetzt schon verdrücken? Stehst du etwa unterm Pantoffel deiner jungen Frau? Det würde mich enttäuschen."

Das sagt sie laut und alle haben es mitgehört. Der Komponist Sebastian hat dessen ungeachtet bereits seine Gitarre ausgepackt, ohne die er anscheinend keinen Meter geht. Der aufmerksame Wirt hat die kretische Beschallungsmusik ausgemacht und lehnt sich abwartend an den Tresen. Der junge Musiker ist keineswegs aufgeregt, obwohl alle Blicke jetzt auf ihn gerichtet sind.

Kalamaki, denkt Andreas, der Kalamaki-Blues, der niemals gesungene. Auch er wird ihn nicht bringen. Die Gelegenheit ist günstig, sich jetzt schnell aus dem Staub zu machen. Heim zu Frau und Kind. Vor drei Jahren hätte er wahrscheinlich mit Sunny wenigstens noch eine Runde geknutscht. Ihre Lippen, die sind eine Klasse für sich. Aber jetzt freut er sich plötzlich auf Paul, auf Martina, auf die Idylle, die er vor drei Jahren noch kleinbürgerlich genannt hätte.

Er öffnet vorsichtig und leise die Tür von Nummer 6. Das Zimmer ihrer ersten Nacht. Von Ferne hört er Gesang und Klatschen. Vamos a la playa. Also doch. Aber drinnen ist es friedlich. Zwei schlafende Menschen, in der Geborgenheit von Georgias Pension. Er beugt sich über Paul, der selig zu schlummern scheint. Er sieht hinüber zu Martina, die sich in ihr Laken eingewickelt hat. Er bemerkt, wie ihm plötzlich die Tränen kommen. Er ist gerührt und empfindet einfaches Glück. So intensiv wie lange nicht mehr.

Leise schlüpft er ins Bett und legt seine Hand auf Martinas Hintern. Sie atmet etwas lauter und dreht sich um.

"Schlaf weiter."

Sagt Andreas leise. Doch Martina schmiegt sich an ihn und gibt ihm einen Kuss. Einen immer länger werdenden Kuss.

"Ich bin so glücklich", flüstert Andreas, "sollen wir nicht auf Nummer sicher gehen, um unsere Kleinfamilie zu vergrößern? Doppelt hält besser."

Hört er sich sagen. Und küsst ihren Nacken.

Martina antwortet nicht. Sie nimmt stattdessen Andreas' Hand und führt sie zu ihrem Busen. Er liebt ihren strammen, kleinen Busen, aus dem erstaunlicherweise so viel Milch für Paul geflossen

55

kam und streichelt ihn sanft. Er fühlt, wie ihre Brustwarze sich langsam steil aufrichtet. Er taucht unter das Laken, das sich allmählich zu verheddern beginnt, umkreist mit seiner Zunge ihre Brustwarze und saugt sie langsam ein. Er denkt dabei blöderweise wieder an Paul, seinen ehemaligen "Konkurrenten". Aber sein Verlangen lässt ihn in weitere und somit tiefere Gefilde vorstoßen. Seine Zunge gleitet hinab, über ihren Bauch hinunter zu ihrer Möse, sanft, aber bestimmt geleitet von Martinas Händen. Sie presst seinen Kopf an ihre Schamlippen, als wolle sie ihn hineindrücken, zurück in den Uterus, um ihn dort für immer sicher aufzubewahren. Das schießt ihm durch den Kopf, aber nicht lange, denn irgendwann stellt jeder Mann das Denken ein, das Blut verläuft in solchen extremen Momenten in gänzlich anderen Bahnen.

"Ich habe auf dich gewartet."

Flüstert sie. Und zieht ihn hoch. Noch ein intensiver Kuss.

"Du schmeckst nach meiner Möse."

Sagt Martina. Und lässt Andreas' Schwanz langsam in sich hineingleiten.

Das wird Paula, da ist sich Andreas diesmal wieder sicher.

### Ein neuer Tag

Wenn man vor dem Wachwerden aufstehen muss, dann kann es kein guter Tag werden. Aber was soll man machen, wenn einen der geliebte und äußerst wache Sohn frühmorgens in die Nase kneift und zum Aufstehen auffordert. Decke über den Kopf und versuchen weiterzuschlafen? Ein aussichtsloses Unterfangen. Das versuchen nur Anfängerväter. Martina schläft immer noch selig lächelnd, obwohl sie mindestens drei Stunden Schlafvorsprung hat. Gut, sie ist letzte Nacht zwischendurch von ihm, dem Spätheimkehrer, aufgeweckt worden und dann nicht so schnell wieder eingeschlafen. Doch trotzdem will er sie jetzt nicht wecken, sie, die wahrscheinlich seit ein paar Stunden wieder eine werdende Mutter ist. Und werdende Mütter brauchen Schlaf.

Also bemüht er sich, wenigstens ein wenig wach zu werden, gerade so viel, um mindestens eine weitere Stunde Schlaf rauszuschlagen. Schließlich hat er Urlaub. Er braucht die schlafrettende Idee. Sie kommt prompt.

Er quält sich lächelnd hoch, nimmt Paul im Schlafanzug an die Hand und geht hinunter zu Georgia.

"Da sind nette Kinder, mit denen du ein bisschen spielen kannst. Georgia gibt dir bestimmt etwas zu trinken. Und wenn du uns suchst, dann bringt dich Georgia wieder zu uns."

Kaum hat er den etwas hilflosen Versuch unternommen, ein kleines Kind von nicht einmal drei Jahren davon zu überzeugen, dass es bei fremden Menschen in einer fremden Umgebung besser ist als bei Papa und Mama im Bett zu liegen und mit ihnen zu kuscheln und zu scherzen, da reißt diese wunderbare Georgia den kleinen Paul hoch und nimmt ihn auf den Arm. Sie ist von seinen blonden Locken begeistert. Und neben Georgia stehen zwei kleine Griechenkinder, schwarzhaarig, mit großen Augen auf Paule guckend.

"Kann Paul einen Moment hier bleiben? Ich wollte noch in Ruhe duschen."

Lügt Andreas eine Notlüge.

"Kein Problem. Ich mag Schinder."

Erwidert die freundliche Georgia und nimmt ihn mit in ihre Küche, die außerdem noch Wohnzimmer und Schlafzimmer für ihre zwei Kinder ist.

Schinder, was für ein treffender Name, auch wenn er unfreiwillig entsteht. Kreter sprechen das K vor i und e wie Sch. Und diese sogenannten Schinder hatten ihn geschunden. Vor drei Jahren hatte er hier in dieser Pension einen schier aussichtslosen Kampf mit auf dem Gang herumtollenden, von den deutschen Eltern sträflich vernachlässigten Kindern angefangen. Während die Eltern notgedrungen Frühaufsteher waren und somit der selbst definierte bessere Teil der Menschheit, raubten die lärmenden Schinder Andreas sei-

57

nen so bitter nötigen Schlaf; denn früh zu Bett gehen konnte er nicht. Er war schließlich in Kalamaki und mit einem extrem anstrengenden Teil der Menschheit konfrontiert. Nicht nur mit Martina, Sunny und der wunderbaren Jasmin, sondern auch mit ihrem Begleiter, einem Thomas Gottschalk ähnlichen Typen, den er unsinnigerweise zum Rivalen hochstilisiert hatte, des weiteren mit einem nervigen Besserwisser, der mit wehmütigen Augen behauptet hatte, als einer der ersten in die berühmten Höhlen von Matala geschissen zu haben. Dessen Version war natürlich die romantisch verklärte. Love and Peace und das übliche Trallala. Dabei streichelte er seinen dünnen, grauen Haarzopf.

Andreas erreicht schlaftrunken das harte Doppelbett, das jetzt ganz von Martina eingenommen ist. Er legt sich vorsichtig hinein und liegt am Rand. Jederzeit kann er durch eine unwillkürlich ausgeführte Bewegung von Martina, besonders ihrem ausgestreckten Hintern, aus dem Bett geschubst werden. Aber er ist müde, nein, hundemüde, und versucht, ohne schlechtes Gewissen einzuschlafen. Paul ist in sicheren Händen. Und ein halbwegs ausgeschlafener Vater ist ohne Frage ein besserer Vater.

Doch dann wird Martina wach.

"Guten Morgen!" flötet sie und gibt ihm einen flüchtigen Kuss. Dann beginnt aber erst die richtige Konversation, bei der man auf Fragen antworten soll.

"Wo ist Paul?"

"Unten bei Georgia."

Er versucht weiterzuschlafen, obwohl er fürchtet, dass das jetzt nicht mehr möglich sein wird. Er stellt sich mit geschlossenen Augen auf weitere Fragen ein. Doch es kommen stattdessen noch zwei sanfte Küsse auf seine müden Augen.

"Schlaf noch ein wenig weiter. Ich geh runter und schaue nach Paul."

Und weg ist sie. Er legt sich auf ihr Kopfkissen und saugt kurz ihren Geruch ein, der darauf haftet wie teures Parfum. Und versinkt in Morpheus' Armen. Schließlich ist er in Griechenland.

Und dort träumt man intensiver. Andreas erlebt eine Revue der besonderen Art. In einem Zirkuszelt schweben hoch oben in der Kuppel glitzernde Trapezkünstler. Doch statt sich wie gewohnt von einer Seite zur anderen zu schwingen, springen sie zu Andreas' Entsetzen mit ausgebreiteten Armen und diesem Zirkuslächeln hinunter in die Manege und liegen in den Spänen. Musik ertönt. Sie werden von flinken Helfern beiseite geräumt. Dann kommen federgeschmückte, junge Reiterinnen, die erst auf ihren Pferden stehen, um dann urplötzlich ins Publikum springen. Sie tänzeln auf Andreas zu, nehmen ihn an die Hand und ziehen ihn sanft, aber bestimmt in die Manege. Es sind Sunny und Martina. Er soll sich auf eine Stute schwingen, die den Namen Jasmin trägt. Befehlen sie. Sie heben ihn hinauf, und er muss vor einer teilnahmslosen Menge im Kreis reiten. Dann macht die Stute plötzlich kehrt, auf Geheiß eines Mannes mit Zylinder und Peitsche, der in der Mitte steht. Andreas fällt dabei von Jasmin. Er landet auf dem harten Boden der Manegenrealität. Er schaut hoch und sieht Martina, die den Kopf schüttelt. Aufstehen! Ruft sie herrisch. Aufstehen!

"Aufstehen, frühstücken! Wir haben Hunger!"

Martina steht am Bett und reißt sein Laken weg. Paul nutzt die Gunst der Stunde und klettert zu ihm ins Bett. Mit Pistole, ohne Wasser. Familienleben, da muss man sich unterordnen. Urlaub ist allerdings was anderes. Urlaub ist Freiheit von tagtäglichen Zwängen, einschlafen, wann man will, ausschlafen, wie es einem gefällt. Wenigstens hat er eine Stunde Schlaf gerettet.

"Ich bin müde", sagt Paul und nimmt seinen Daumen in den Mund.

So sind sie, die kleinen Anarchos. Triebgesteuerte Wesen. Schlafen, essen, scheißen, Eltern wecken. Dazwischen sich noch ein bisschen müde spielen und die Stimmbänder trainieren. Dann geht es wieder von vorne los. Bis man sie endlich gebändigt hat, dressiert, nach Jahren voller Mühsal und Verzicht, abgerichtet für ein zivilisiertes Leben in Triebunterdrückung.

Als Andreas diese ihm liebgewordene Gedankenkette zu Ende

gedacht hat, ist Paul, sein potenzieller Nachfolger, bereits wieder eingeschlafen. Was nun? Ein Elternpaar schaut sich fragend an.

"Geh du frühstücken, ich hab noch keinen Hunger."

Martina, die Mutter, opfert sich. Vielleicht ist diese Haltung eine Art schlechtes Gewissen, weil sie aus einem lustvollen Liebesakt schwanger geworden ist und nun die Konsequenzen trägt, weil sie sich schuldig fühlt? Fragt sich Andreas.

"Schatz, ich bringe dir einen Milchkaffee hoch, wenn es hier überhaupt so etwas gibt."

Martina schüttelt den Kopf. Er hat wieder Schatz gesagt, dieses unsägliche Wort, das Liebe töten kann.

Es gibt in Kalamaki natürlich keinen Milchkaffee, auch keinen Cappuccino oder Caffe latte. Es gibt entweder die Abart von Kaffee, die Nescafé heißt, oder den guten griechischen Kaffee, der eigentlich türkisch ist. Manolis steht mit einer grünen Plastikschürze vor ihm und legt seine Hand auf Andreas' Schulter. Der Tavernenwirt. Im Outfit eines Pathologen, der gerade ein Mordopfer seziert hat. Ein wenig Blut glaubt Andreas auf dem grellen Grün zu erkennen. Wahrscheinlich von einem Kaninchen. Einem unschuldigen Kuneli. Manolis' Spezialität. In Dill-Sahnesauce.

"Welcome." Sagt Manolis lapidar. Mehr nicht. Aber er lächelt Andreas an. Mit einem komplizenhaften Lächeln. Er hat Andreas nicht vergessen. Vor drei Jahren, bei seinem ersten Aufenthalt in Kalamaki, hatte Manolis all seine eigenen Wünsche auf Andreas projiziert. Andreas, der Weiberheld, der Aufreißer, der Kamaki, der Fischer. Andreas musste für alle Wünsche und Träume des etwas schrägen, aber liebenswerten Tavernenwirtes herhalten. Wegen der Touristinnen. Besonders der blonden. Offensichtlich hat er gestern Abend die Ankunft der kleinen Familie beobachtet. Mit Sicherheit hat er das. Er bekommt alles mit, was um ihn herum passiert. Er klopft Andreas wieder anerkennend auf die Schulter. Kurz, aber bestimmt. Damit will Manolis sagen, dass er all seine Geschichten mit den Frauen vor drei Jahren für sich behalten wird. Schließlich muss man in Griechenland bestimmte Mindestanforderungen erfüllen, um in der Männerwelt geachtet zu werden. Dazu muss man nicht nur Raki trinken, sondern es gehören auch Affären mit Touristinnen dazu. Je mehr, desto männlicher. Deshalb steht er bei Manolis hoch im Kurs, obwohl fast alle Beziehungen zu den Frauen ganz anderer Natur waren. Aber das wollte Manolis nicht sehen. Er brauchte den Weiberhelden, mit dem er sich identifizieren kann. Und jetzt lächelt er wieder sein unheimlich wissendes Lächeln. Er wird auch weiter schweigen, soll es heißen.

"Breakfast?" fragt Manolis in griechischem Englisch.

"Frau und paedi? Gut?" Die nächste Frage nach der Familie. Er ist rührend und Andreas ist gerührt.

"Sie schlafen."

Und schon enteilt Manolis, dessen Hose immer noch unter dem Bauch mit Reißzwecken befestigt zu sein scheint, denn vom physikalischen Standpunkt aus gibt es keine andere schlüssige Erklärung, warum die Hose nicht runterrutscht. Andreas bekommt ein Frühstück, das er in seiner Zusammenstellung nicht anders erwartet hat. Nescafé und einen Teller mit drei Spiegeleiern, die sanft im Olivenöl schwappen. Dazu Brot, das Toastbrot sein soll, wahrscheinlich von gestern oder vorgestern, aber liebevoll ein wenig auf dem Grill verkohlt.

Willkommen in Kalamaki. Andreas fühlt sich wieder heimisch. Das ist der Urlaub, den er sich vorgestellt hat. Die Sonne scheint, das Meer rauscht und er schaut über den kleinen Platz.

Ein Ehepaar steigt aus einem Leihwagen. Ein gediegenes Ehepaar. Offenbar wurden sie von einer schützenden Gruppe abgetrennt. Der Mann in Safarishorts schaut hilfesuchend über den Platz. Die Frau, offenbar seine, ist ganz in eine Art Tüllkleid gehüllt, luftig, aber dezent. Sie sind um die fünfzig und schauen unschlüssig zur Taverne. Werden sie es wagen?, fragt sich Andreas. Sie wagen es. Der Safarimann deutet auf einen freien Tisch neben Andreas. Sie nehmen schnell Platz, wie Schiffbrüchige auf einem Rettungsboot. Dann schauen sie sich um, als wollten sie fragen, wo sie hier gelandet sind. Die Frage beantwortet Manolis mit seinem

Erscheinen.

"Welcome in Kalamaki."

Er legt freundlich lächelnd zwei Speisekarten auf den wackligen Plastiktisch. Sie erwidern das Lächeln dankbar. Jetzt haben sie etwas, woran sie sich festhalten können. Dass sie ein wenig klebrig sind, müssen sie wohl oder übel hinnehmen. Aufstehen und weggehen geht nicht mehr. Dazu braucht es starke Charaktere.

Andreas verfolgt die Szenerie mit voyeuristischem Behagen. Endlich wieder! Theater auf der Agora. Ganz klassisch. Der Mann ist es offensichtlich nicht gewohnt, sich auf unsicherem Terrain zu bewegen. Er sieht aus, als gehe er nur in Restaurants, wo er bekannt ist und vorher einen Tisch bestellt hat.

Sie studieren die Speisekarte, was sinnlos ist. Speisen aus dem Reich der Fantasie werden angeboten. Das Stück Papier, das sie in der Hand halten, ist nur für die Polizei, die ab und an vorbeikommt und so etwas wie die Einhaltung einiger Gesetze oder Verordnungen kontrolliert. Es ist den rauchenden Polizisten aber eher eine lästige Pflicht. Das zeigen sie deutlich mit ihrem Gesichtsausdruck, der vornehmlich durch heruntergezogene Mundwinkel bestimmt wird. Sie trinken einen Kaffee, den sie selbstverständlich nicht bezahlen müssen, schauen einigen Touristinnen hinterher und rauschen wieder ab.

Manolis kommt aus seiner Küche und stellt zwei kleine Teller auf den Tisch der Touristen. Es ist die landesübliche Vorspeise, Mese, jene kleinen Köstlichkeiten, die den Griechen erheitern und ermuntern, noch etwas zu trinken zu bestellen. Die beiden schauen überrascht und skeptisch auf die Teller. Auf dem einen liegen brav zwei Sardinen, frisch gebraten, und auf dem anderen ein appetitlicher Haufen Kartoffelbrei mit Knoblauch. Skordalia.

Manolis ist längst wieder verschwunden, und während die beiden fragend auf die Teller schauen, ist er auch schon wieder da und legt zwei Gabeln hinzu. Noch ehe sie sich bemerkbar machen können, denn offensichtlich wollen sie etwas bestellen, ist der Wirt wieder ins Reich seiner Küche getaucht. Jetzt müsste Szenenapplaus kommen. Andreas meint ihn zu hören.

Die Frau schüttelt verwirrt den Kopf. Aber sie lächelt zaghaft und schaut Manolis hinterher. Der Safarimann hält immer noch die Speisekarte in der Hand und blickt in die Runde, als wolle er sich vergewissern, dass keiner der anwesenden Gäste diese Szene mitbekommen hat. Es ist ihm sichtlich peinlich.

"Das haben wir doch gar nicht bestellt."

Andreas hört die verzweifelten Worte des Weltmannes. Er hat bestimmt schon in den teuersten italienischen Restaurants gegessen und für wenig viel bezahlt. Aber diese Performance hier verwirrt ihn. Seine Frau ist mehr praktischer Natur. Sie nimmt die Gabel und probiert erst das Knoblauchkartoffelmus und wagt sich dann an die Sardine heran. Sie hebt anerkennend die Augenbrauen.

"Probier mal. Das ist wirklich gut."

Er legt endlich die Speisekarte aus der Hand, zögert aber immer noch.

"Na, probier schon."

Sie hat offensichtlich in kulinarischen Angelegenheiten das Sagen. Er probiert brav. Und vertilgt eine ganze Sardine.

"Doch, ist gut, aber das ist doch kein Frühstück!"

"Breakfast?"

Manolis kommt von rechts auf die Bühne und steht ganz plötzlich neben den beiden. Er nimmt die Speisekarte und schaut sie fragend an.

Der Safarijäger bestellt Frühstück Numero drei. Zweimal. Und extra starken Bohnenkaffee.

Manolis verschwindet in sein Reich, das aus einer engen Küche mit Grill, Durchschnittstemperatur fünfundvierzig Grad, und einer Abstellkammer mit Herd zum Backen von griechischen Köstlichkeiten besteht. Die beiden essen den Rest der Mese auf. Es schmeckt ihnen, besonders dem Safarihosenträger. Dann biegt einer von diesen Jeeps um die Ecke, der allerdings nur eine Karikatur eines richtigen ist. Wirbelt ein wenig Staub auf.

"Da sind sie endlich."

Sagt sie und winkt dem Wagen zu. Zur Unterstützung ruft sie noch ein lautes "Juhu" über den Platz. Man winkt zurück. Ein weiteres Ehepaar, schätzt Andreas, denn auch sie sehen so aus, als hätten sie sich schon alles gesagt. Und nicht nur das. Auch er in weiten Shorts, blau-rot längsgestreift, und sie in glitzerndem T-Shirt und heller Hose. Man würde sie 'flott gekleidet` nennen, passend zum Klima.

"Wir haben uns verfahren. Wir sind irgendwie in Pitsidia gelandet."

Sie setzen sich und schauen sich um.

"Ein komischer Ort. Wie heißt er noch mal?"

"Kalamaki."

Der neue Mann hat eine Landkarte in der Hand und studiert sie.

"Kalamaki. Also, hier ist Festos, da waren wir. Wo die ganzen Steine rumliegen. Mann, war das heiß. Und kein Schatten."

Der Mann ist offensichtlich grundsätzlicher Natur, hat ein eher meteorologisches Verhältnis zur Antike.

"Aber der Führer war nett. Wir haben mit ihm noch im Restaurant gesessen und was getrunken. Aber erkennen kann man doch wirklich nicht viel, wenn man ehrlich ist."

Gesteht die Frau, die Andreas an seine ehemalige Deutschlehrerin erinnert. Die war extrem gut durchgebildet und an vielem interessiert, aber sie hatte auch einen ausgeprägten Sinn für praktisches Lernen.

Daran hatte Andreas auch gedacht, als er das erste Mal hilflos in der Ausgrabungsstätte herumirrte. Ohne Führer. Was hatte er nicht alles gelesen über diesen Ort. Die ältesten Zeugnisse abendländischer Kultur, König Minos, der Nachfolger diverser griechischer Götter. Heißt es. Und es war heiß und es gab keinen Schatten. Aber er war da, wo es Henry Miller hingezogen hatte, zu den Anfängen der abendländischen Kultur, zur Stätte auf dem Hügel in der Messara-Ebene. Und dort oben angekommen kamen Henry die Tränen. Hier ist es also, das Paradies, rief er laut in die Ebene. Aber er musste diesen Ort leider schnell verlassen, denn die Vereinigten Staaten von Amerika riefen ihre Bürger auf, nach Hause zu kommen. Der Krieg, der mit dem Überfall auf Pearl Harbour in Amerika angekommen war, er unterbrach Henrys Studien.

Er hatte übrigens kein Wort über die Sonne verloren, die auch damals schon gnadenlos auf das vermeintliche Paradies hinunterschien, auf die etwas kümmerlichen Reste der Antike.

Doch nicht jeder ist ein Henry Miller, der angesichts der Erhabenheit des historischen Ortes keine Hitze spürt. Andreas hat geschwitzt und konnte auch deshalb den wohlbehüteten Resten des ehemaligen Königspalastes leider nicht so viel abgewinnen, wie es sich für einen gebildeten Europäer gehört.

Die nächste Szene.

"Habt ihr schon bestellt?"

Der Mann mit der Landkarte hat die Speisekarte in der Hand.

"Ja, Frühstück Nummer drei."

"Was ist das?"

"Es gibt eins, zwei oder drei. Eins ist das billigste und drei das teuerste. So einfach ist das hier."

Sie lacht, die in Tüll gehüllte Frau. Sie ist offensichtlich jetzt bereit, ein Abenteuer der kalamakischen Art zu wagen. Ganz im Gegensatz zu ihrem Mann, der Experimente zu hassen scheint.

Die Frau, die Andreas an seine Lehrerin erinnert, wendet sich ihm plötzlich zu.

"Entschuldigen Sie, wissen Sie zufällig, was der Unterschied von Frühstück eins, zwei oder drei ist?"

Andreas überlegt kurz, dann reitet ihn doch der Teufel.

"Sie unterscheiden sich lediglich durch den Preis. Ich würde Frühstück drei nehmen."

Man guckt ihn irritiert an. Dann lacht die Frau ohne Tüllkleid. Das Theaterstück wird klassisch modern. Das Publikum wird einbezogen.

"Sie kennen sich hier aus?"

Andreas macht mit. Living Theatre.

"Das kann man wohl sagen."

"Was gibt es denn hier zum Frühstück?"

"Gute Frage. Warten Sie es ab. Es lohnt sich. Und satt werden Sie allemal."

Die Lehrerin hat offensichtlich das Bedürfnis, Andreas näher kennen zu lernen.

"Sind Sie schon länger hier?"

"Ich wohne praktisch hier."

Lügt er aus Spaß. Aber der passende Text.

"Dann kennen Sie vielleicht unsere Tochter. Die war auch schon zweimal hier. Von ihr haben wir den Tipp."

Jetzt kann es brenzlig werden. Heißt sie etwa Jasmin? Er hat Textschwierigkeiten.

Manolis rettet ihn. Vorerst. Man bestellt noch zweimal Frühstück der dritten Preiskategorie. Doch die Dame lässt nicht locker.

"Wollen Sie sich nicht zu uns an den Tisch setzen? Das ist doch in Griechenland so üblich. Meine Tochter hat uns immer mit großen Augen erzählt, dass es das Schönste war, wenn alle zusammensaßen und aßen und tranken und sich bis spät in die Nacht ihr Leben erzählten."

Sie ist einfach nett. Und naiv. Spät in der Nacht hat ihre Tochter mit Sicherheit am Strand gelegen und gebumst. Oder, wenn der Wind geblasen und den Sand vor sich hergetrieben hatte, bequemerweise im Zimmer gelegen, in einem dieser quietschenden Betten, die sensible Zeitgenossen unaufhörlich wecken, die einfach nur schlafen wollen.

Aber sie ist wirklich nett. Und anders, als er gedacht hat. Das soll man auch mal ausdrücken. Aber auf die Bühne will er nicht.

"Danke, das ist furchtbar nett, aber ich warte auf meine Frau und meinen Sohn. Sie müssen jeden Moment herunterkommen."

Andreas nippt an seinem Kaffee, der bereits kalt ist und winkt mit der Tasse. Die Szenerie beginnt ihn zu langweilen. Er will in sein eigenes Theater zurück. Wo er und Martina und Paul die Protagonisten sind. Und das Stück spannender. Was als Akteur nicht unbedingt angenehmer ist.

Manolis nickt. Die Menschen am Nebentisch interessieren Andreas nicht mehr. Nur die Frage, wer ihre Tochter ist, lässt ihn nicht los. Diese Frau erinnert ihn an jemanden, den er kennt.

"Entschuldigen Sie. Ich hab zufällig ein Foto von meiner Tochter dabei."

Sie reicht es ihm rüber. Er ist also doch noch nicht raus aus der Nummer. Andreas betrachtet es. Eine fröhlich lächelnde Blondine auf einer Terrasse. Im Hintergrund ein See, der wie bei Schillers 'Wilhelm Tell' milde lächelnd zum Bade ladet.

"Das ist ihre Tochter?"

Eine überflüssige Frage, die jedoch von der Mutter nicht als solche betrachtet wird.

"Vor einem Jahr, auf unserer Terrasse."

Sie schaut ihn erwartungsfroh an.

"Und?"

"Tut mir leid. Ich habe sie bisher noch nicht getroffen."

Er kommt sich vor wie in einem schlechten Krimi. In dem der Kommissar den üblichen Verdächtigen ein Foto einer Ermordeten vorhält und dabei ihre Reaktion prüft. In diesem Moment entscheidet sich, ob man verdächtig ist oder nicht. Andreas ist es offensichtlich nicht.

"Nie gesehen. Aber sie ist sehr attraktiv."

Die Mutter steckt das Foto unter den vorwurfsvollen Blicken ihres Mannes wieder ein. Mein Gott, denkt Andreas, bestimmt ist die junge Dame verschollen, und sie sind auf der Suche nach ihr. Oder noch schlimmer, sie ist schwanger und die Alten suchen den Erzeuger, weil die Tochter den Namen des Bösewichts nicht herausrücken will.

"Hedwig, belästige den jungen Mann doch nicht länger."

Hedwig heißt sie also und protestiert.

"Gerhard, ich bitte dich. Sieht der junge Mann so aus, als ob ich ihn belästige?"

Und lächelnd zu Andreas gewandt fragt sie:

"Belästige ich Sie?"

"Auf keinen Fall."

Die Dame ist irgendwie korrekt. Sie ist kommunikativ und gibt ihrem Mann Kontra. Sie sah bestimmt einmal genau so hübsch aus wie ihre Tochter, die sich jetzt vielleicht irgendwo in der Welt herumtreibt, auf Bali oder in Goa, und es sich mit ihren Dollars gut gehen lässt und frisst, was das exotische Zeug hält. Oder sich dort einen Einlauf verpassen lässt, damit all das Schlechte aus ihrem Darm wieder zurück in die abscheuliche Wirklichkeit befördert wird? Ayurveda für übersättigte Wesen aus Europa und USA. Drei Wochen Fasten mit Vollpension.

Das befreundete Ehepaar hat unterdessen jegliche Konversation eingestellt. Ihnen ist es sichtlich unangenehm, dass Hedwig Kontakt zu einem fremden Menschen aufnimmt und etwaige intime Dinge preisgibt. Sozusagen aus dem Nähkästchen plaudert.

"Sie studiert jetzt in Tübingen. Jura. Sie soll die Kanzlei von meinem Mann übernehmen."

Sie dreht sich zu dem Mann um, der bisher schweigend neben ihr verharrte und legt den Arm um ihn. Der Jurist mit einer gutgehenden Kanzlei.

"Guck mal, was da jetzt kommt, Gerhard!"

Hedwig sieht Manolis kommen, mit einem großen Tablett. Frühstück Nummer drei. Viermal. Vor den entsetzten Augen der beiden Paare tischt Manolis auf. Rührei mit Rote Bete, Milkana Kräuterkäse, Sardinen mit Pommes, Linsenmus, russischen Salat und getoastetes Weißbrot. Der Tisch ist in Nullkommanichts voll. Bevor etwaige Fragen oder gar Reklamationen aufkommen, ist Manolis schon wieder weg, um kurze Zeit später mit einem weiteren Tisch zu erscheinen. Er stellt ihn wortlos als Beistelltisch zwischen die deutschen Urlauber, die das Ganze mit ungläubigen Augen verfolgen. Manolis lässt sich aber durch nichts von seiner Arbeit als Tavernenwirt abbringen und verschwindet wieder.

Als Erste findet Hedwig die Sprache wieder.

"Das ist also Frühstück Nummer drei. Das reicht doch glatt für sechs Personen."

"Gibt es hier zum Frühstück keinen Kaffee?."

Meldet sich der Mann in den gestreiften Shorts. Hedwig versucht ihn zu beruhigen.

"Warte es doch ab, Heribert. Der kommt schon noch. Wir sind hier schließlich nicht im Hotel."

Heribert bleibt aber ungehalten. Die Übermacht der fremden Speisen macht ihn offensichtlich nervös. Er schwitzt ein wenig. Kleine Schweißperlen zeichnen sich auf seiner Stirn ab, die durch Haarausfall größer geworden ist. Doch wie es unter Männer allgemein üblich zu sein scheint, kompensiert er diesen Makel mit einem Kinn-Oberlippen-Bart, der von eher vulgär eingestellten Menschen auch schlicht Mösenbart genannt wird.

Manolis trägt keinen Bart, er trägt mit Vorliebe volle Tabletts. Und bringt seine Gäste mit dem Übermaß an Speisen zur Verzweiflung. Der heiß ersehnte Kaffee kommt. Vier Bodum-Kannen. Und vier Tassen. Und Milch. Und Butter. Und Toastbrot. Und Ziegenkäse. Und weitere Sardinen. Und Besteck. Und Servietten. Und Obst.

"Wer soll das alles essen?"

Die Frage, auf die Andreas gewartet hat. Irgendwann kommt sie, so sicher wie das Amen in der Kirche. Aber hier, an dem profanen Plastikaltar, der unter den kretischen Speisen ächzt, bekommen selbst gläubige Touristen Zweifel, dass sie Manolis' Frühstück Nummer drei aufessen können. Sogar die beiden Herren, die so aussehen, als hätten sie schon oft mehr gegessen als nötig.

Hedwig wendet sich wieder an Andreas.

"Wollen Sie sich nicht doch an unseren Tisch setzen und uns helfen? Wir können das doch gar nicht aufessen."

Heribert findet diesen Vorschlag überhaupt nicht gut. Sein strenger Blick in Richtung Hedwig läuft aber ins Leere. Andreas merkt jetzt, dass er schon ziemlich lange hier vor seinem kalten Kaffee sitzt und wartet.

"Eva, vielleicht versuchst du mal den jungen Mann zu überreden, sich an unseren Tisch zu setzen. Obwohl mein Bruder etwas dagegen zu haben scheint."

Heribert ist also der Bruder dieser immer sympathischer werdenden Dame und Eva ist die Dame im goldbestickten T-Shirt. Diese schaut irritiert ihren Mann an. Heribert ist aber jetzt damit beschäftigt, sich aus seiner Bodum-Kanne Kaffee einzuschenken. Offensichtlich ist Kaffee eine seiner Drogen.

Eva beobachtet ihren Mann und schüttelt den Kopf.

"Du musst erst runterdrücken."

Was für eine Viererbande. Bloß weg hier. Andreas steht auf. Das Stück wird jetzt zu banal. Und er mittendrin. Also ein schneller Abgang. Der ist in diesem Theater Gott sei Dank möglich. Sein letzter Text. Hoffentlich.

"Ich muss jetzt nach meiner Familie schauen."

Sagt er in Richtung Hedwig und eilt in Georgias Pension. In der Tür kommt ihm Paul entgegen.

"Papa!" Strahlt er und will auf den Arm. Die beiden griechischen Kinder kommen hinter ihm hergelaufen, der eine mit Pauls Wasserpistole in der Hand. Natürlich geladen. Was der kleine Racker auch heftig demonstriert.

"Wo ist Mama?"

"Da oben."

Paul deutet auf die Treppe und will wieder weiterspielen. Andreas setzt ihn ab. Die Kinder rennen lärmend durch den Flur hinaus auf die Straße. Andreas schaut seinem Sohn zufrieden hinterher. Ihm geht es gut. Er hat Spaß. Kinder können offensichtlich ohne Sprache kommunizieren. Es gibt andere Zeichen der Verständigung. Wie zum Beispiel Wasserpistolen oder Musik. Die hört er nämlich. Gitarrenmusik. Von oben. Er geht die Treppe hinauf und folgt den Klängen einiger Akkorde. Sie kommen aus dem Zimmer, direkt neben Nummer 6. Also Nummer 5. Die Tür ist ein wenig offen. Und da sitzt er, der Gitarrist, versunken in seinem Gesang. Andreas späht etwas weiter hinein. Und da sitzt Martina. Mit geschlossenen Augen wiegt sie ihren Kopf hin und her. 'Universal Soldier'. Er steht zugegebenermaßen etwas fassungslos in der Tür und kann nicht einordnen, was er da sieht und vor allem hört. 'Universal Soldier'. Die älteste Kamelle. Beinahe genau so schlimm wie 'How many roads must a man walk down'. Lagerfeuermusik der frühen Sechziger. Idealistische Scheiße. Soldaten aller Länder vereinigt euch. Was für ein Quatsch. Wer Soldat ist, muss gehorchen. Und schießen. Sonst wird er erschossen. Und das nicht mit Wasser. Was soll er jetzt tun? Den Sänger über die hilflosen Versuche, Frieden durch Musik, Blumen im Haar und Händchenhalten aufklären? Oder dann doch besser hineinstürmen wie ein eifersüchtiger Ehemann und seine Frau rauszerren? Oder militärisch abwarten und beobachten? Dazu hat er nicht die Nerven. Überhaupt die Nerven. Sie spielen jetzt verrückt. Er hat sie nicht mehr unter Kontrolle. Ihm wird heiß. Er sieht Martina schon in den Armen dieses miesen Troubadours. Der nichts anderes ist als ein wiederbelebtes Fossil von Woodstock. Aber er ist irgendwie smart. Hat eine angenehme Stimme. Singt sogar diesen abgeleierten Song mit Gefühl. Und mit seinen langen, leicht gekräuselten Locken sieht er verführerisch aus.

Er meint es ernst mit seiner Musik. Und vielleicht auch ernst mit Martina? Sie sitzt auf seinem Bett und sieht schön aus. Madonnenhaft. Eine perfekte Symbiose aus Mutter und Liebhaberin. Das ist selten. Und der Typ will sie ihm wegnehmen. Das schwirrt in Andreas' Kopf herum. Was soll er tun?

Er tut das, was ihm gemäß ist. Nämlich nichts. Erst mal nichts. Er geht in Zimmer Nummer 6 und setzt sich aufs Bett. Was tun? Sich bloß keine Blöße geben. Aber wie weiter? Er hört die Musik. Er schaut auf den Koffer, den noch nicht ganz ausgepackten. Martinas T-Shirts, ihre Büstenhalter und Höschen, Pauls Hemdchen, ihre Lieblingsjeans, auf Pauls Kuscheltier, den 'Wilden Kerl'.

Eigentlich müsste er jetzt nach nebenan gehen, ganz cool Sebastian die Gitarre aus der Hand nehmen und sie ihm über den Kopf ziehen, so dass er zwischen den Saiten herausguckt, Martina an die Hand nehmen und ...

Sie ist schwanger, bestimmt ist sie wieder schwanger. Andreas wird übel. Eifersucht in ihrer reinsten Form. Das ist ihm klar. Da gibt es kein rationales Handeln mehr. Da ist die pure Verteidigung von Besitz angesagt. Den Konkurrenten vom Schlachtfeld jagen. Wie es Millionen seiner Vorgänger der Gattung Mensch getan haben. Was dazu geführt hat, dass diese Spezies hier erst einmal das Sagen hat auf dem Erdball.

Aber er ist anders. Mit seiner Haltung wird die Menschheit unweigerlich untergehen. Er hat keinen Biss. Er ist so etwas wie ein Weichei.

Er fühlt sich wie ein Häufchen Elend. Jetzt, wo er allein ist, kann er sich gehen lassen. Er beginnt zu weinen. Aber warum weint er eigentlich? Seine Eifersucht ist doch eher lächerlich. Wenn Martina hereinkommen würde, könnte sie sicher nicht nachvollziehen, warum Andreas eine Krise hat.

Aber sie kommt nicht. Was also tun? Paul, denkt er, Paul ist sein Sohn und sein Faustpfand. Er schleicht sich an Nummer 5 vorbei. Er wagt nicht hineinzuschauen. Der Sänger hat aufgehört zu singen. Er spielt einige Akkorde, A-Moll wahrscheinlich. Das wirkt bei Frauen besonders gut.

Er hastet die Treppe hinunter. Dort sitzt Paul mit den Kindern in Georgias Küche. Immer noch im Schlafanzug. Und oben sitzt die Rabenmutter bei einem Möchtegernhippie. Paul hat ein Eis in der Hand. Er ist glücklich. Die Pistole liegt friedlich auf dem Tisch.

"Kalimera."

Sagt Paul. Und ist stolz. Andreas ist gerührt. Er liebt seinen Sohn jetzt ganz besonders.

"Hast du schon etwas gegessen?"

Fragt er Paul, der Eis schleckt. Der guckt ihn fragend an, als wollte er sagen, siehst du nicht, dass ich esse.

"Ich meine, hast du schon was Vernünftiges gefrühstückt?"

Hat Paul natürlich noch nicht. Auch kann oder will er nicht zwischen vernünftigem und unvernünftigem Essen unterscheiden.

Also nimmt der Vater seinen Sohn an die Hand und sorgt für

ein gesundes Frühstück. Er steuert unwillkürlich auf Manolis' Restaurant zu. Es gibt keinen größeren Kinderfreund als Manolis. Da fühlt auch Paul sich wohl.

"Ist der aber niedlich."

Hedwig hat die beiden schon von weitem kommen sehen. Ihre Augen glänzen. Großmütter, sie können befreit vom alltäglichen Terror der Kleinen die Kinder lieben. Sie haben die Freiheit, sie zu verwöhnen, ohne die Konsequenzen tragen zu müssen. Sie kennen das entbehrungsreiche Elterndasein und rächen sich jetzt an ihren Kindern, die Kinder haben. Aber das scheint in der Natur der Sache zu liegen.

Also der nächste Akt der Open-Air-Tragikomödie. Paul bekommt vom Hauptdarsteller Manolis erst einmal ein großes Glas Orangensaft. Er hat heimlich etwas Zucker hineingegeben, obwohl die Orangen süß genug sind. Er traut ihnen offenbar nicht. Paule saugt an seinem Strohhalm. Er hat Durst. Dann bringt der gute Wirt Pommes. Zum Frühstück! Griechenland, was soll man machen? Der Teller ist groß und überladen. Pauls Augen glänzen.

"Die sehen ja lecker aus!"

Hedwig kann es nicht lassen.

"Kann ich mal eine probieren?"

Paul gibt gerne. Er nimmt ein besonders großes Exemplar der selbstgeschnitzten Chips in die Hand und steckt es der Dame in ihren weit geöffneten Mund. Andreas ist stolz. Sein Sohn ist doch schon ein mitfühlendes Wesen, das Menschen in Hungersnot etwas abgibt. Paul hat aber auch einen ausgeprägten Gerechtigkeitssinn. Er beginnt die ganze Truppe mit Pommes zu versorgen. Andreas sieht zu seinem Erstaunen, wie sich auch der Mösenbart öffnet und Paul eine Pommes hineinschiebt. Nachdem er alle bedient hat, nimmt er die Ketchup-Flasche und schüttet sich das tomatenähnliche Zeug auf den Rest.

"Meine Tochter Karoline ist leider noch weit davon entfernt, Kinder bekommen zu wollen. Sie hat noch nicht den richtigen Mann gefunden. Sagt sie. Zum Kinderkriegen braucht man aber keinen richtigen Mann. Wer ist schon richtig?"

Andreas schaut Gerhard an. Der winkt gerade nach Manolis. Er möchte ein Bier. Und die Rechnung.

"Kommt gar nicht in Frage. Ich zahle."

Heribert macht sich gerade. Der Pommes hat ihn offenbar gestärkt. Manolis versteht kein Deutsch, aber die Botschaft. Wenn sie jetzt noch ein sogenanntes Doggy-Bag verlangen würden, um den umfangreichen Rest des Frühstücks mitzunehmen, dann hätte Andreas sich nicht gewundert. Sie tun es nicht. Was aber passiert jetzt mit der Roten Bete, die keiner angerührt hat, mit den restlichen Sardinen, die heil auf dem Teller liegen und auf Esser warten?

Sie werden den nächsten Gästen vorgesetzt, bestimmt. Andreas schmunzelt bei diesem Gedanken, obwohl er nicht der Nächste sein möchte. Aber was spricht dagegen, wenn man es nicht weiß.

"Es war nett, Sie kennen gelernt zu haben."

Hedwig steht unschlüssig vor Andreas. Er spürt, dass sie ihn gerne umarmen möchte, doch sie traut sich nicht.

"Schade, dass ich Ihre Frau nicht kennengelernt habe."

Meine Frau, denkt er, was für ein Hohn! Ihm wird wieder übel.

Die Anderen drängen zum Aufbruch. Sie haben anstandslos die Rechnung bezahlt. Tausende. Aber es sind ja nur Drachmen. Sogar Heribert lächelt zum Abschied. Er ist bestimmt froh, wieder im sicheren Auto zu sitzen und ins Hotel zu fahren. Und an seinen gewohnten Tisch im Speisesaal.

Hedwig streicht Paule liebevoll über den Kopf und steckt Andreas eine Visitenkarte zu.

"Besuchen Sie uns doch mal. Ich würde mich freuen. Unser Haus liegt auf einem Hügel am Meer. In der Nähe von Agios Pavlos."

Dann verschwindet die Touristengruppe so schnell wie sie gekommen war. Das riecht nach einem weiteren Akt. Andreas hat allerdings längst an dem Spiel Gefallen gefunden.

"Hier seid ihr!"

Martina. Wie scheinheilig sie sein kann. Das nächste Theaterstück. Eine Tragödie. Und er wieder mittendrin. Erst einmal nichts anmerken lassen. Und auf keinen Fall fragen, wo sie so lange gesteckt hat. Das wäre der beste Text.

"Wo warst du so lange? Hast du dich doch noch mal hingelegt, Schatz?"

Jetzt ist auch er scheinheilig und bereut es sofort. Aber diese Eifersucht nagt an ihm. Doch Martina ist entweder eine gute Schauspielerin oder er hat die Szene in Nummer 5 falsch interpretiert.

"Paul lag so friedlich in unserem Bett. Da hab ich mich zu ihm gelegt und ihn in den Arm genommen. Dann muss ich eingeschlafen sein."

"Und dann?"

"Wie 'und dann'? Jetzt bin ich hier."

Kein Wort vom Gitarristen. Da kann einer drei Akkorde oder vier leidlich spielen, trällert ein wenig dabei, und schon sind die Weiber hingerissen. 'Was zu dumm ist, es auszusprechen, das singt man'. Schrieb ein gewisser Monsieur Beaumarchais. Der französische Philosoph hat es schon am Ende des achtzehnten Jahrhunderts auf den Punkt gebracht. Andreas hat ebenfalls in frühen Jahren die Banalität des Gesungenen durchschaut. Ein fortschrittlicher Englischlehrer von Andreas hatte seinen Schülern empfohlen, sich Texte anzuhören, sie aufzuschreiben und zu übersetzen. 'Oh, ich liebe dich, mein Kleinkind'. Sang da einer. Übersetzt las es sich lächerlich, aber gesungen kamen einem die Tränen. Dennoch gingen ihm die übersetzten Texte bei manchen Liedern nicht aus dem Kopf. 'Sie liebt dich, ja, ja, ja'. Oder gar: 'Komm, gib mir deine Hand'. Seine geliebten Beatles sangen also so einen Quatsch. Sogar auf deutsch.

Das war ernüchternd. Er ließ dann das blöde Übersetzen und sang lieber mit. Inbrünstig. 'She loves you'. 'I want to hold your hand'. 'It's only Rock'n Roll, but I like it'. Der Gesang brachte den Text nicht nur auf wundersame Weise mit seinen Gefühlen in Einklang, er verstärkte sie auf unerklärliche Weise. Und genau das ist das Geheimnis der Musik. Wenn er Liebeskummer hatte - und er liebte Liebeskummer - dann wurde die Wirkung mit diesen Liedern noch angenehm gesteigert. Er konnte damit die ungerechte Welt verurteilen und sich seinem Leid wahrhaft hingeben. Bis das Telefon klingelte und eine liebevolle Stimme ihn aus dem Leid herausriss. Es tat ihr leid, und sie wollte ihn sehen, sofort und überhaupt beinahe immer. Aber das war eher selten.

Andreas schaut Martina an. Sie lügt. Jedenfalls sagt sie nicht die ganze Wahrheit. Warum eigentlich nicht? Es ist das erste Mal, dass eine solche Irritation entsteht, gelinde ausgedrückt. Aber Andreas will sie nicht in eine Ecke drängen. Vielleicht gibt es einen plausiblen Grund, diese Begegnung nicht zu erwähnen. Vielleicht ist er selber der Grund, und Martina will diese harmlose Begegnung nicht aufbauschen. Vielleicht ahnt sie, wie eifersüchtig er sein kann. Also beschließt er, ein guter, verständnisvoller Mensch zu sein, der er aber nicht ist. Er ist schließlich eifersüchtig. Er baut ihr dennoch eine Brücke.

"Wo ist eigentlich unser Freund, der Musiker?"

Martina zuckt mit den Schultern.

"Was weiß ich."

Du Luder, du weißt ganz genau, dass er in seinem Zimmer ist und auf dich wartet. Das muss Andreas leider denken.

"Ist was mit dir?"

Martina schaut ihn fragend an. Ein wahrhaft unschuldiger Blick.

"Wo ist Paul?"

Sein Sohn bringt ihn um eine Antwort. Martina dreht sich suchend um. Paul ist nicht zu sehen.

"Ich schau mal, wo er ist. Er kann nicht weit sein."

Andreas ahnt, wo sein kleiner Racker sein kann. Bei der netten Frau im Mini-Supermarkt. Was für eine Bezeichnung für ein kleines Geschäft, in dem es alles gibt, was es in Kalamaki gibt. Die Eistruhe steht in der prallen Sonne. Was für eine Energieverschwendung! So sind sie, die Griechen! Andreas denkt deutsch.

Sein Sohn steht vor dieser Truhe, die weit geöffnet ist. Eine ältere Frau beugt sich hinein. Paul schaut sie erwartungsvoll an. Dann überreicht sie ihm ein Eis am Stiel. Corado. Oder so ähnlich.

"Hier bist du! Hast du etwa gebettelt?"

Paul schüttelt seinen blonden Lockenkopf. Die Frau kommt ihm zu Hilfe.

"Er hat schöne Haare."

Sie lächelt und streichelt ihm über den Kopf. Andreas ist überrascht. Die Frau spricht deutsch. Er schaut sie jetzt das erste Mal richtig an. Wie alt mag sie sein, diese freundliche ältere Frau in dem dunkelblauen, dezent gemusterten Kittel? Sie hat sanfte Augen und ein jugendliches, frisches Lächeln, obwohl ihre Falten ihr wahres Alter andeuten.

"Sie sprechen deutsch? Wo haben Sie es gelernt?"

Andreas schaut sie neugierig an.

"Von den deutschen Soldaten. Vor langer Zeit. Sie waren in meinem Dorf. Sie waren nett zu uns Kindern."

Sie gibt Andreas die Hand.

"Ich heiße Irini."

"Ich heiße Andreas und mein Sohn heißt Paul."

Paul, der Sohn, leckt schon länger am Eis. Die Kinder aus der Pension kommen mit Fahrrädern und laden Paul ein, auf dem Gepäckträger zu sitzen. Paul ist begeistert und reicht einem Jungen sein Eis. Und schon ist er wieder unterwegs. Andreas ist ein wenig besorgt, als er seinen Kleinen aus den Augen verliert. Irini hat inzwischen einen dieser griechischen Stühle geholt. Karekla. Das klingt schon ungemütlich. Aber durch intensives Training kann sogar ein Nordeuropäer einige Stunden darauf verbringen, ohne sich ernsthaft zu verletzen.

"Kaffee?"

Ohne eine Antwort abzuwarten, geht sie in den Laden. Andreas setzt sich. Hier hat er einen guten Überblick. Er schaut auf die Eingeweide von Kalamaki. Betongerippe. Dazwischen der rührende Versuch zu wohnen. Offensichtlich wohnt der Grieche anders als der Deutsche. Nichts von so etwas Wesentlichem wie Gemütlichkeit ist zu sehen. Zwei Stühle im Rohbau, auf denen Frauen sitzen und häkeln. Diese Decken, mit Blumenmustern oder Motiven von griechischen Helden, die dann auf Anrichten oder Kommoden ein schützendes, aber staubiges Dasein fristen. Eine kretische Idylle! Ein Mann mit einem gerippten Unterhemd über seinem dicken Bauch bringt sie zur Vollendung, als er sich hinter den Häkelnden auf ein altes Sofa legt und offensichtlich sofort einschläft. Im Schatten des Betongerippes. Mein Gott, die Griechen haben offensichtlich die Ruhe und Gelassenheit, die wir uns immer wünschen. Auf der Jagd nach diesem friedlichen Zustand rennen immer mehr gestresste Nordeuropäer in die Praxen von Psychologen, zu Esoterikern und in Notfällen sogar zu Schamanen, um ein bisschen Ruhe und Ausgeglichenheit zu erlangen.

Irini kommt mit zwei kleinen Tassen zurück. Sie stellt sie auf einen weiteren wackligen griechischen Stuhl.

"Metrio. Mit bisschen Zucker."

"Es gab hier deutsche Soldaten?"

Eine blöde Frage, denn Andreas weiß, dass die Insel durch das 'Unternehmen Merkur' von deutschen Truppen besetzt war.

"Ich meine hier in Kalamaki?"

"Nein, Kalamaki gab es damals noch nicht. In Kamilari waren sie. Viele. Über tausend und noch mehr."

Sie setzt sich und trinkt ihren Metrio. Andreas will mehr wissen. Aber er traut sich nicht. Würde er jetzt vielleicht in einer Wunde stochern? Irini lächelt ihn an. Eirini heißt Frieden, oder im Original, kein Krieg. Diese Frau strahlt wirklich Frieden aus mit ihrer sanften Freundlichkeit. Sie lächelt Andreas' Befürchtungen hinweg.

"Keine Angst, du hast nichts damit zu tun. Du bist zu jung. Es gab hier auch keine großen Probleme mit den Soldaten. Die Leute in Kamilari haben weiter gelebt, wie vorher. Fast."

"Wie war das möglich? Es waren doch tausend und mehr?"

"Ich war neun Jahre alt. Und die Soldaten mochten Kinder. Ich habe Deutsch gelernt. Es gab hier keine Partisanen. Alles friedlich."

Es klingt nicht sehr überzeugend, was sie sagt, aber Andreas will nicht weiter in sie dringen. Bei ihr im Dorf war es nur wegen der Übermacht der deutschen Soldaten relativ friedlich. In anderen Dörfern wurden schon 1941 alle männlichen Bewohner erschossen. Als Vergeltung für Partisanenangriffe auf Deutsche.

Irini lächelt.

"Jetzt ist alles gut."

Deutsche Touristen kommen in ihren Laden. Sie geben sich Mühe, ein wenig Griechisch zu reden. Meli wollen sie, Honig. Natürlich kretischen. Andreas schlürft seinen Kaffee. So viel Honig, wie die Touristen kaufen, kann es doch gar nicht geben. Selbst wenn die kretischen Bienen genau so fleißig sind wie die deutschen, was er insgeheim bezweifelt, dann können sie schon allein deshalb nicht so viel Nektar einsammeln wie ihre nordeuropäischen Kolleginnen, weil hier gar nicht so viel Thymian blüht, wie für die Unmengen von Honig nötig wäre. Wahrscheinlich kommt ein Teil aus Bulgarien oder gar aus Dänemark, wie der 'original' griechische Schafskäse.

Wer solch frevelhafte Gedanken hat, der darf sich nicht wundern, wenn das Schicksal hart zuschlägt. Besonders, wenn man in Griechenland, genauer gesagt auf Kreta, und dann noch in Kalamaki ist.

Da geht sie. Jasmin. In einem weißen, wehenden Kleid. Unzweifelhaft, sie ist es, nein, muss es sein, obwohl er sie nur von der Seite sieht. Alle Zweifel schwinden in Sekundenschnelle. Es gibt keine Frau auf der Welt, die so anmutig geht, nein, schreitet, wie sie. Ihr Gang ist französisch, ihre Haltung italienisch, ihre Gestik spanisch. Eine Göttin. Sie hat jetzt eine etwas andere Haarfarbe, auch sind die Haare kürzer. Wieder überkommt ihn ein leichter Zweifel. Ist sie es? Sie muss es sein. Sie steuert ein Schmuckgeschäft an und betrachtet die Auslage. Genau wie vor drei Jahren, als er in Matala saß, in jenem Café, in dem man den Überblick hat.

Auch damals schaute sie in ein Schaufenster mit Pretiosen, allerdings der preiswerten indischen Art. Er hatte sich dabei an seinem heißen Cappuccino verschluckt, der mit Zimt kontaminiert war – Zimt auf Kaffee! Aber er war selber schuld, dieses neumodische Getränk in Matala zu verlangen. Deutscher Filterkaffee wäre besser gewesen.

Jetzt steht sie wieder vor einem Laden voll glänzendem Schmuck. Sie probiert einen Ring und hält prüfend ihre Hand hoch. Die Sonne soll den Stein zum Funkeln bringen. Was für eine Verschwendung von Gold und Edelsteinen! Diese Frau braucht keinen Schmuck, das wird er ihr jetzt sagen. Auch wenn er mit dem Juwelier Ärger bekommt. Er nimmt all seinen Mut zusammen und schiebt Bedenken beiseite. Martina ist nicht in Sicht. Doch dann kommt Paul.

"Papa! Guck mal!"

Paul hat eine Colaflasche in der Hand und ist glücklich. Die Bande steht hinter ihm und schaut ihn erwartungsvoll an. Andreas bemüht sich, entspannt das süße amerikanische Brausegetränk zu erdulden. Und dann steht noch keine zehn Meter vor ihm die Frau, die es damals in der Hand gehabt hätte, dass Paul gar nicht existiert.

"Eine Cola! Schmeckt die?"

Seine ganze Erziehung wird mit einem Schlag von dieser kleinen Griechenbande zunichte gemacht. Bisher war die Welt für Paul ohne Cola. Nun ist er wahrscheinlich hoffnungslos infiziert. Er sieht ihn schon dick und unbeweglich werden wie Millionen Amerikaner durch dieses zuckerhaltige Getränk aus Atlanta. Und süchtig machen soll es auch.

Paul reicht ihm die Flasche. Er gibt ja gern und sein Papa soll auch was trinken. Die kindliche Unschuld in Person. Brav nimmt Andreas einen Schluck. Und gibt sie ihm zurück.

"Schön kalt."

Paul nimmt die Flasche und setzt sich wieder bei seinem neuen Freund auf den Gepäckträger. Sie brausen davon. Paul mit Brause in der Hand. Andreas ist gerührt und froh, seinen Sohn glücklich zu sehen, auch mit dieser Flasche.

Er dreht sich wieder um. Dort, wo sie eben noch stand und den Ring in die Sonne hielt, ist jetzt nur noch Leere, gähnend heiße Leere. Er sieht sich um. Sie ist wie vom Erdboden verschluckt.

Der Schmuckverkäufer schaut ihn skeptisch an, als er vor ihm steht und seine Auslagen betrachtet. Er hat sofort gemerkt, dass dieser Mann nichts kaufen wird. Also vergeudete Zeit. Er sieht nicht gerade griechisch aus, eher holländisch oder deutsch. Vorsichtshalber spricht er ihn auf Englisch an.

"Hello!"

"Darf es etwas sein? Vielleicht für die Frau oder Freundin?"

Ein Telefon klingelt und der Mann hebt ab. Andreas hört, wie er deutsch spricht. Umso besser. Ein Landsmann in der Fremde. Andreas betrachtet derweil die Auslagen. Schmuck in allen erdenklichen Formen. Gold- und Silberringe blinken verführerisch.

Doch Andreas ist resistent. Der Mann telefoniert gestikulierend weiter. Ein wenig ungehalten. Dann sieht Andreas in der Ecke des Ladens einen Fernseher. Auf dem ein grüner Rasen leuchtet, mit bunten, beweglichen Flecken. Andreas lächelt. Klar, heute ist Samstag, Sportschautag. Er sieht die grünen Trikots von Werder und blaue. Das könnte der HSV sein. Es gibt leider keinen Ton. Die Grünen drängen auf das Tor der Blauen. Eckball. Scharf hereingegeben. Ein ganz Grüner steigt am höchsten. Er köpft. An die Latte. Ein weiterer Grüner bekommt den Ball genau auf seinen rechten Fuß. Und der tut das, was ein Profi machen muss. Er schießt den Ball nicht nur auf das Tor, sondern auch hinein.

"Tor!"

Schreit Andreas impulsiv. Der Juwelier sieht ihn an und legt den Hörer auf. Er schaut auf den Fernseher, in dem gerade die Zeitlupe des Torschusses kommt. Er stellt den Ton ein. Die Einblendung kommt zeitgleich. Das war das Zwei zu Null für Werder. Gegen Hertha.

"Scheiß Hertha."

Sagt der Juwelier zufrieden und greift nach seinem Bierglas. Der Verein ist offensichtlich außerhalb Berlins nicht sehr beliebt. Er setzt sich auf seinen Arbeitsstuhl und schaut, wie Werder weiter stürmt.

"Auch ein Bier?"

Fragt er Andreas. Warum nicht? Andreas denkt an das Sportstudio, als Werder gegen die Bayern spielte und er mit Martina und Paul in ihrem prallen Bauch auf dem Bett lag ...

Aber seine sentimentalen Gedanken werden unterbrochen, denn die scheiß Hertha schießt den Anschlusstreffer.

"Wenn die jetzt noch den Ausgleich schaffen, dann krieg ich die Krise."

Sagt der Juwelier Unheil ahnend und reicht ihm eine Bierdose.

"Gläser sind im Schrank, hinter der Tür."

Sagt er ohne aufzuschauen und verfolgt den Bericht aus der Heimatfront des Fußballs. Andreas ist immer noch überrascht, dass in diesem Ort, der beinahe am Ende der Welt liegt, Fußball aus Deutschland zu empfangen ist.

"Ich hab eine Schüssel installiert. Vor einer Woche. Extra wegen der Sportschau. Wenn Werder jetzt noch verliert, dann bau ich sie wieder ab."

Der Mann kann Gedanken lesen. Andreas geht nachdenklich durch eine Tür in einen kabuffartigen Raum und holt sich ein Glas aus dem Schrank. Er hat es plötzlich nicht mehr eilig, wieder vor die Glotze zu kommen. Die Sprechgesänge der Fans dringen plötzlich wie aus einer anderen Welt in diese kretische Abstellkammer. Werder gegen Hertha, in der Sportschau auf Kreta. Will er das eigentlich sehen? Wie war es doch damals auf Ibiza so schön. Er hing am Telefon, an jenem denkwürdigen Samstag, als es im entscheidenden Spiel um die deutsche Meisterschaft ging. Werder gegen die Bayern. Es rauschte in der Leitung. Er glaubte das Meer zu hören, das das Seekabel umspülte. Bremen war weit weg. Das Spiel noch nicht zu Ende. Sein Freund Peter am anderen Ende der Leitung aufgeregt. Er hörte Radio. Er sollte Radio hören und um

Gottes Willen nicht die Leitung blockieren. Andreas hatte ihm sogar mit dem Ende der Freundschaft gedroht. Peter war ein artiger Freund. Er hob ab und war ohne belangloses Begrüßungszeremoniell sofort der geforderte Reporter. Die Schlussminuten im Weserstadion. Es stand null zu null. Peter meldete aufgeregt ein Foul gegen einen Werderstürmer. Der Schiedsrichter, der wunderbare, zeigte auf den Elfmeterpunkt. Elfmeter für Werder. Wenn der Ball jetzt gleich erwartungsgemäß in den Maschen hängt, dann ist Werder Meister. Deutscher Meister und die Bayern Zweiter. Er lauschte seinem Freund und durch das Rauschen drangen folgenschwere, mittlerweile historische Worte. Denn ein gewisser Michael Kutzop legt sich den Ball auf den Elfmeterpunkt. Er läuft an und schießt. Doch statt eines Torjubels folgt eine Pause. Stilles Entsetzen. An den Pfosten. Sagte Peter lapidar und schwieg. Die Leitung rauschte. Der Gebührenzähler ratterte unerbittlich. Bis zum Abpfiff. Werder wurde nicht Meister.

Jetzt hört er einen dieser lächerlichen Reporter, der gerade die Schlussoffensive von Hertha ankündigt, der sich aber schon verraten hat und jeder halbwegs aufgeweckte Fußballfan weiß jetzt, dass Werder gewinnen wird, diese Karikatur von Reporter aber noch krampfhaft um Spannung bemüht ist. Was für ein hilfloser Versuch. Privatsender. Was kann man da schon erwarten.

Andreas verlässt das Kabuff. Der Fernseher lockt unerbittlich mit dem Bild. Er setzt sich auf einen Hocker, der eigentlich nur Kunden vorbehalten ist.

"Die schießen kein Tor mehr. Eher schießt Werder noch eins."

Ein Werderkonter in der letzten Minute gibt Andreas recht. Die gegnerische Abwehr ist natürlich jetzt völlig entblößt. Der Werder-Stürmer hat keine Mühe, den Ball am Hertha-Torwart vorbeizuschlenzen. Der Reporter faselt etwas von endgültiger Entscheidung.

Drei zu eins. Andreas ist glücklich. Er hat Jasmin vergessen. Fast. Er prostet dem Schmuckmacher zu.

"Auf Werder. Und dein Geschäft."

"Auf mein Geschäft und auf Werder."

Der Mann sieht die Welt aus seiner Warte.

"Ich bin Andreas. Aus Hamburg."

"Und dann bist du für Werder?"

Der Beginn einer Freundschaft? Wie könnte sie besser beginnen als mit dieser leidenschaftsvoll irrationalen Anteilnahme an einem Fußballclub? Und dann noch in der Fremde? Oder gerade deshalb?

"In Hamburg bin ich natürlich für den FC St. Pauli. Mein Sohn heißt übrigens auch Paul, ohne Sankt."

Eine etwas peinliche Bemerkung. Sie ist ihm so rausgerutscht, wahrscheinlich um etwas Persönliches einzubringen. Dabei wird ihm schlagartig bewusst, dass der Name seines Sohnes vielleicht gar nicht so zufällig ausgewählt wurde, wie bisher angenommen. Das Unterbewusstsein könnte zugeschlagen haben. Heimtückisch wie es nun mal ist und die wahren Beweggründe zutage fördert. Es könnte sein, muss aber nicht.

"Du Glücklicher. Nur einen Sohn. Ich habe drei Töchter. Alles Mädchen. Und dann noch meine Frau! Vier gegen einen! Ist das fair?"

Er lacht und nimmt einen kräftigen Schluck.

"Das bedeutet schuften. Ich bin übrigens Günter. Wie der Günter, der mit dem Traumtor beim Pokalendspiel gegen Köln. Als er in der Verlängerung sich selber eingewechselt hat. Und mein Verein ist die Eintracht."

Sie trinken auf Günter und auf guten Fußball. Dieses holländische Bier, in Athen gebraut, das vielleicht einmal richtiges Bier werden wird. Irgendwann.

"Hallo!"

Eine Stimme von hinten, die Andreas erstarren lässt. Er bekommt eine Gänsehaut, obwohl es heiß ist. Er dreht sich langsam um. Da steht sie. Mit ihrem strahlendsten Lächeln. In einem grünen Kleid. Noch eine Jasmin, denkt Andreas, doch dann wird ihm bewusst, dass die echte vor ihm steht. Im grünen Kleid von damals, wie in Matala. Dem unverschämt kurzen. Sie strahlt ihn an.

"Das gibt's doch gar nicht! Andreas! Was machst du denn hier?"

Andreas schluckt und stellt das Bierglas neben den Schraubstock und geht hinaus. Was soll er jetzt sagen? Du bist schöner und begehrenswerter als jemals zuvor?

"Jasmin!"

Mehr kann er nicht sagen. Er ist unsicher. Soll er sie jetzt umarmen und ihr einen Kuss geben? Zur Begrüßung? Auf die Wange? Sie kommt ihm entgegen und löst sein Problem. Sie umarmt ihn heftig und küsst ihn sanft, aber bestimmt auf seine rechte Wange. Dann schaut sie ihm in die Augen und strahlt, wie es noch nicht einmal die kretische Sonne kann.

"Es ist natürlich keine richtige Überraschung, dich hier zu treffen. Ich habe es mir aber so gewünscht. Ich war damals ein wenig, wie soll ich sagen, neben der Spur. Der Tod von Vangelis und dann der von Manolis und dann plötzlich du."

" Aber ich war lebendig, sehr sogar!"

Sie lacht. "Und dann gab's noch meinen Aufpasser."

"Der Gottschalk-Typ."

Andreas hat seine Sprache wieder gefunden.

"Ist er wieder dabei?"

"Um Gottes willen, nein. Ich bin allein hier. Fast allein."

Jasmin fasst Andreas jetzt am Arm. Er schaut sich ein wenig ängstlich um. Martina, wenn sie ihn jetzt sehen würde, wären ihre vermaledeiten Ahnungen bestätigt. Sie würde Paul einpacken und abreisen. Er hätte keine Chance, ihr das Zusammentreffen als zufällig zu erklären. Aber Martina ist nicht in Sicht.

"Wo ist dein Sohn? Alexander? Ist er jetzt schon der Große?"

"Fast. Er ist bei Georgia."

Ach du liebe Güte. Sie wohnt also auch in dieser Pension, in der er schon manch schlaflose Nacht gehabt hatte. Aus den unterschiedlichsten Gründen.

"Und du? Bist du wieder allein hier? Der lonesome cowboy aus

Hamburg, der Herzensbrecher? Lass uns ein Stück gehen."

Ja, was nun? Er dreht sich vorsichtshalber noch einmal um. Aber die Luft ist rein. Keine Martina zu sehen. Ehrlich währt am längsten. Das fällt ihm jetzt komischerweise ein. Ein Spruch seiner Mutter aus der guten alten Moralkiste. Aber was ist Ehrlichkeit? Eine geniale Vorwärtsverteidigung.

"Darf ich ganz ehrlich sein?"

Fragt er Jasmin.

"Klar."

"Ich habe mich in dich verliebt, wie man so schön sagt, unsterblich. Und jetzt ..."

Er zögert.

"Und jetzt?"

Fragt Jasmin und legt ihren Arm um ihn. Sie schaut in seine Augen. Sie sind hinreißend blau. Er legt seine Arme um ihre Hüften und drückt sie sanft an sich. 'Jetzt bin ich gestorben', wollte er sagen.

"Jetzt habe ich ein Kind. Wie du."

Er lässt diese folgenschweren Worte im Raum stehen. Doch Jasmin lacht und gibt ihm einen flüchtigen Kuss auf den Mund.

"Dann haben wir zusammen zwei."

Andreas weiß, jetzt wird es ernst. Denn sie meint es ernst. Das ist jetzt kein Spaß mehr. Und schon kommt die nächste ernste Frage.

"Und? Liebst du die Mutter deines Kindes?"

"Es ist ein Sohn."

Was für eine Antwort! Ein Rettungsring mit Leck. Die Luft entweicht langsam, aber unweigerlich.

"Ich meine, ich mag sie, und da du so weit weg warst ..."

Er merkt, wie er sich an sein Ausweichmanöver klammert, wie er den Daumen auf das Loch in diesem Rettungsring drückt, um die Luft nicht entweichen zu lassen. Jasmin lässt aber nicht locker. Die Zeit abgrundtiefer Ehrlichkeit scheint tatsächlich angebrochen. Auch für Jasmin.

"Ich hatte mich in dich verliebt. Aber die Umstände ließen nicht zu, dass wir ein Paar werden konnten. Jetzt bin ich wieder hier, weil ich deine verdammte Adresse nicht hatte und es der einzige Weg war, dich wieder zu treffen. Und die Frage zu klären, ob ich noch in dich verliebt bin."

Mein Gott, diese Frau, dieses wunderbare Geschöpf. Warum kommt sie erst jetzt damit heraus? Dieses Geständnis, damals am Friedhof. Alles wäre anders gekommen. Paul wäre jetzt das Kind von Jasmin und ihm. Nein, Paul gäbe es natürlich nicht. Es gäbe mit Sicherheit ein anderes Kind, ein niedliches Mädchen, ein Ebenbild von Jasmin. Doch bevor Andreas die Kinderfrage weiter verfolgen kann, kommt die nächste desillusionierende Frage.

"Wie alt ist dein Kind?"

"Zwei Jahre und drei Monate."

Jasmin lächelt und lässt ihn los.

"Ist es hier passiert? In Kalamaki?"

"In Kalamaki."

Andreas muss jetzt richtig ehrlich sein.

"Am Strand. Nach der Beerdigung. Es war sozusagen ein Unfall."

Das ist jetzt alles andere als ehrlich. Mutter hilf! Sie hilft aus dem Jenseits.

"Besser gesagt, es war ein wunderbarer Abend am Strand und ich glaube, dass ich Martina in dem Augenblick wirklich geliebt habe. Man kann doch mehr als einen Menschen lieben, oder?"

Eine geschickte Frage. Die nicht nötig ist. Die Bande kommt vorbei und mit ihr Paul.

"Papa. Schau mal was ich hab."

Papa Andreas schaut auf einen Schwimmring mit Entenkopf, der schon etwas altersschwach ist und um Pauls Bauch auf seine Bestimmung wartet. Jasmin lächelt.

"Hast du aber schöne Locken!"

Paul kennt den Spruch. Wie oft hat er ihn schon gehört. Und dann streichen ihm wildfremde Menschen durch seine Haare. Das mag er nicht. Er guckt Jasmin skeptisch an.

"Wer ist das?"

Eine gute Frage.

"Ich heiße Jasmin. Und du?

"Paul."

Antwortet Paul und rennt mit den anderen Kindern zum Platz. Ein runder Ball ist immer noch die einfachste Ursache für kindliche Aktivitäten. Paul spielt Fußball mit einem Entenschwimmring um seine Hüfte. Kalamaki, schießt es Andreas durch den Kopf. Kalamaki. Wo sonst?

"Und wo ist Pauls Mutter eigentlich?"

"Keine Ahnung. Vielleicht im Zimmer. Wir wohnen übrigens auch bei Georgia."

"So ein Zufall."

Jasmin lächelt. Andreas ahnt, dass es kein Zufall ist.

"Dann bis morgen."

Jasmin gibt ihm noch einen Kuss auf die Wange. Er sieht, wie ihr grünes Kleid im Eingang von Georgias Pension verschwindet.

"Wer war das denn?"

Martina steht plötzlich hinter ihm.

"Eine alte Bekannte."

"Wie alt? Siebzig oder gar achtzig?"


## Eifersucht


Beziehungen zwischen Männern und Frauen scheint es ausschließlich deshalb zu geben, damit Beziehungsgespräche geführt werden können. In der Regel beginnen sie so, wie sie aufhören. Oder umgekehrt. Man versteht sich nicht, weil man sich nicht verstehen will. Oder, besser gesagt kann. Die beiden Wesen sind nämlich grundverschieden, sowohl in ihrem Empfinden als auch in ihrer Wahrnehmung. Das äußert sich in erschreckend klarer Weise in ihrer Sprache. Sie ist so verschieden wie Chinesisch und Georgisch. Nur um ein Beispiel zu nennen.

Am deutlichsten wird dieser Umstand in dem ständig wiederkehrenden Vorwurf 'Du verstehst mich nicht!'. Doch keiner der beiden Teilnehmer dieser Beziehungsgespräche denkt auch nur im Traum daran, die Konsequenz aus dieser wahren Erkenntnis zu ziehen. Man redet weiter aufeinander ein.

Andreas ist die rühmliche Ausnahme von dieser Regel. Die leidvollen Erfahrungen früherer Beziehungen und den damit verbundenen stundenlangen nächtlichen Gesprächen bei Hektolitern von Jasmin-Tee (Mag Jasmin eigentlich Jasmin-Tee?), den er deshalb schnell zu hassen begann, hatten ihn mehr oder weniger dazu verleitet, ganz einfach zurückzukehren zu den Anfängen der Menschheit und seinem Trieb zu gehorchen. Mann nimmt dieses fremde Wesen, das einem 'feindlich' gegenüber sitzt, in den Arm und küsst es. Und wenn Mann keine gelangt kriegt, dann haben Mann und Frau die einzige Ebene erreicht, die Frauen und Männer kompatibel machen.

Wer kann oder will schon beim Küssen reden, zumal, wenn es sich um jemanden handelt, der hinreißend küsst. Denn einen hinreißenden Kuss kann nur der geben, der wirklich liebt. Jedenfalls in diesem intimen Moment.

Die volle Kanne mit Jasmin-Tee war am nächsten Morgen die stumme Zeugin der erfolgreichen Beilegung eines Beziehungsproblems. Jedenfalls vorübergehend.

"Also, wer war das?"

Martina sitzt auf dem Bett, hat ein Kopfkissen vor ihren Bauch gepresst und schaut Andreas lauernd an. Andreas. Er setzt sich auf das Fensterbrett und lächelt herausfordernd.

"Eine schöne Frau, die nur halb so schön ist wie du."

Martina schmeißt mit dem Kopfkissen. Sie trifft Andreas' Kopf.

"Was für eine bescheuerte Antwort."

Andreas wirft das Kopfkissen zurück. Auch er trifft, obwohl Martina versucht hat, abzutauchen. Jetzt wird sie wütend und schleudert das Kissen wieder zurück. Mit starken Worten.

"Du Arsch! Du nimmst mich nicht ernst."

Andreas spürt das zweite Mal das Kissen in seinem Gesicht. Er denkt gar nicht daran, aufzuhören. Im Gegenteil. Er möchte die Sache auf die Spitze treiben, aus irgendeinem unerfindlichen Grund.

"Okay, sie ist nicht halb so schön wie du. Sie ist ... doppelt so schön!"

Er schleudert das Kissen wieder zurück, doch dieses Mal war Martina schneller. Das Kissen saust an ihr vorbei. Sie springt auf und stürzt sich auf ihn.

"Das nimmst du sofort zurück."

Sie liegen auf den frisch gewischten Fliesen. Andreas, in einer etwas hilflosen Lage, schaut sie ungläubig an.

"Und wenn nicht?"

"Dann wirst du schon merken, was du davon hast."

Eine Antwort, die im Vagen bleibt. Aber nur kurz. Martina versucht, Andreas mit einem weiteren Kissen zu traktieren. Er wehrt sich. Er spürt ihren Körper, der vor Zorn bebt. Jetzt gibt es nur ein Entrinnen. Er umschlingt sie und zieht sie zu sich hinunter. Ihr immer noch wütendes Gesicht ist unmittelbar über ihm. Er will sie küssend zähmen. Doch Martina ist inzwischen ein wildes, schwäbisches Raubtier.

"War es Jasmin?"

Er windet sich noch immer.

"Wie kommst du da drauf?"

"Sonst hättest du nicht so ein Geheimnis daraus gemacht."

Sie schaut ihn an, immer noch schwer auf ihm liegend. Er hat keine Chance zu entkommen.

"Ja, es war Jasmin."

Martina seufzt tief und lässt ihn aus ihrer Umklammerung los. Sie setzt sich auf den Bettrand und schaut nachdenklich aus dem Fenster, auf die Betonskelette von Kalamaki. Sie glühen rot in der Abendsonne.

"Und? Wie war das Wiedersehen?"

Ja, wie war es eigentlich? Zunächst einmal überraschend.

"Es war überraschend."

"Ach was! Das überrascht mich aber jetzt."

Ein Beziehungsgespräch, das seinem Naturell gehorchend kontrovers geführt wird, ist unweigerlich laut. Das hat den sanft schlummernden Paul aus seinem Erholungsschlaf gerissen. Er steht schlaftrunkenen in seinem Gitterbett und hört, wie Mama und Papa streiten. Das ist das Schlimmste für ein Kind, und besonders für den sensiblen Paul, den 'im Meerschaum Gezeugten'. Er fängt vorsichtshalber an zu weinen. Das hilft immer.

Sie stürzen sich auf das arme Kind, als wollten sie einen Wettlauf um die Gunst ihres Sohnes gewinnen. Doch Paul will zwei Gewinner.

So stehen sie vor ihrem Hosenscheißer und schauen sich an. Sie müssen plötzlich lachen. Ein vertrauter Geruch kommt aus Pauls Bettchen. Wer wechselt die Windeln?

"Du bist dran."

Entscheidet Martina.

"Das ist die Strafe für deine Rumeierei mit Jasmin."

Andreas lächelt.

"Pauls Windeln zu wechseln ist für mich keine Strafe. Es ist ein Vergnügen."

Er hebt Paul aus dem Bett, befreit ihn von der Windel und drückt sie Martina in die Hand.

"Arbeitsteilung."

Sagt er und schaut sie herausfordernd an. Martina nimmt die Windel aus Plastik mit der wunderbar aufsaugenden Einlage, die Eltern durchschlafen lässt und schmeißt sie in den Abfallkorb, diese pamperige Windel. Die Erfindung eines wahren Menschenfreundes, der den Friedensnobelpreis verdient. Denn nur friedlich durchschlafende Eltern können ihrem Kind die nötige Liebe geben.

Zunächst hatten sie auf Martinas Wunsch den kleinen Säugling in richtige Windeln gewickelt, solche aus Baumwollstoff, hautfreundlich und natürlich. Pauls Popo reagierte aber nicht wie gewünscht. Er wurde rot und juckte offensichtlich, was Paul in dem

91

Alter aber noch nicht verbalisieren konnte. Also schrie er, drei oder vier Mal in der Nacht. Die Windeln waren im Nu nass. Der Fencheltee, jenes Getränk, das Blähungen verhindern und ruhiges Schlafen fördern soll, landete schneller als gewünscht in den Windeln, die, wie jedermann nachvollziehen kann, unangenehm sind, wenn sie nass werden.

Also Windeln wechseln. Mit fast täglich ansteigendem Schlafdefizit. Sie sahen nach ein paar Wochen aus wie Zombies. Bis eine Frau aus der Krabbelgruppe es nicht mehr mit ansehen konnte. Sie lächelte wissend und sagte nur ein Wort: Pampers. Das löst alle Probleme. Nicht nur Pauls roter Hintern würde wieder babyweich und zart werden wie in der Werbung, sondern auch die Beziehung der Eltern würde sich schlagartig verbessern, was angesichts des Stresses wünschenswert war.

Martina jedoch hatte zunächst Bedenken, Plastikzeug eines amerikanischen Händlers an Pauls Popo und an seine Hoden zu lassen, die dann zu warm werden könnten und Impotenz befürchten ließen. Sie war aber nach einer weiteren Woche an Pauls nächtlichem Bett bereit, ihre Bedenken hinsichtlich zukünftig ausbleibender Nachkommen zu vernachlässigen und das Experiment zu wagen.

Sie brachten der Frau beim nächsten Treffen einen großen Blumenstrauß mit. Paul schlief durch. 'Wie 'ne Eins', befand Martina. Das erste Mal seit seiner Geburt. Andreas wollte daraufhin eine Wallfahrt ins Gelobte Land jenseits des Atlantiks antreten. Dabei könnte man dann auch 'in einem Abwasch' gleich die Erfindung der Jeans würdigen. Doch als die Frau den Blumenstrauß in der Hand hielt und daran roch, kamen ihr die Tränen. Ihr Sohn war von einem auf den anderen Tag ganz wund und fürchterlich rot 'hintenherum'. Offensichtlich eine allergische Reaktion auf die Plastikteile der hochgelobten Pampers. Mutmaßte der Hautarzt. Sie war echt fertig, die Arme.

"Ich bring die Pampers in die Mülltonne. Sie riechen."

Sagt Martina naserümpfend. Und verschwindet. Andreas geht

mit Paul unter die Dusche und wäscht ihm den Hintern ab.

"Papa, ich brauch keine Windel mehr."

Andreas schaut ihn überrascht an.

"Die anderen Kinder haben auch keine."

Andreas nimmt ihn unter dem Duschstrahl in den Arm.

"Jetzt ist mein kleiner Paul ein Großer. Abgemacht. Aber du musst Bescheid sagen, wenn du musst."

"Endaxi."

Sagt Paul, der kleine Junge, der schon die ersten Wörter Griechisch gelernt hat.

"Kann ich jetzt wieder zu den Kindern?"

"Klar. Aber hast du keinen Hunger?"

Spielende Kinder haben keinen Hunger. Erst wenn sie erschöpft und müde sind, reklamieren sie Lebensnotwendiges.

Paul düst ab, ohne Windeln. Befreit vom Hosenscheißerimage. Er sieht jetzt aus wie ein richtiger Junge. Andreas legt sich aufs Bett und wartet auf Martina. Er will ihr berichten, dass Paul jetzt einen großen Schritt nach vorn gemacht hat. Er kann offensichtlich seinen Schließmuskel beherrschen. Und die Kosten für Pampers werden bald gegen Null gehen.

Doch Martina kommt nicht. Andreas schaut aus dem Fenster. Betongerippe sieht er, was sonst, unverändert wie vor drei Jahren stehen sie noch da, gewachsen aus dem Sand in Kretas Süden. Die Eisenteile, die oben aus den Betondecken herausragen und schon Rost angesetzt haben, wirken trotzig, als wollten sie mahnen, das Gebäude endlich fertigzustellen. Aber der Bauherr hat kein Geld, um weiter zu bauen. Er hat mit dem Gerippe aber schon einmal seinen Claim abgesteckt. 'Das ist mein Grund und Boden', heißt so ein Betonteil, nicht mehr und nicht weniger. Irgendwann wird daraus einmal ein richtiges Haus, vielleicht eine kleine Pension. Aber wann, das weiß er nicht. Wenn die Zeit gekommen ist, dann. Und Zeit heißt: das nötige Geld zum Weiterbauen.

Andreas schmunzelt. Ja, so ist es, das wahre Kalamaki. Dieser

Unort, in dem im Winter kein vernünftiger Mensch leben möchte, wenn Sturm und Feuchtigkeit in die Ritzen der Häuser dringen, die nur für den Sommer gebaut sind. Aber er liebt diesen Flecken am rauen Libyschen Meer wie so viele typische Touristen, die dieses Provisorium nur im heiteren Licht der Sonne kennen. Die Wärme verzeiht die ästhetische Katastrophe. Und dann sind da noch die Kreter, die immer noch nicht glauben können, warum so viele Menschen in diesem Ort ihren Urlaub verbringen. Die Einheimischen haben offenbar noch nichts von 'Kult' gehört, jedenfalls nicht in der modernen Variante. Der Ort ist gegen den touristischen Strich gebürstet. Er ist abstoßend anziehend. Keine feine Strandpromenade, kein typisch kretisches Dorf, nur der hilflose Versuch, etwas von all dem herzustellen, das Touristen zu mögen scheinen. Es ist vergebene Liebesmüh. Aber genau das scheint die Menschen aus dem Norden zu bewegen. Sie sind von der Unbeholfenheit gerührt. Es ist der typische Anti-Urlaubsort geworden, und daraus entsteht sein Charme. Und jeder der Infizierten verbreitet die Botschaft. Man muss wenigstens ein Mal im Leben dort gewesen sein. Deshalb wird Kalamaki sicher irgendwann, in hundert oder mehr Jahren, als etwas, was es sonst nirgendwo auf der Welt gibt, Weltkulturerbe werden. Irgendwann. Wahrscheinlich sogar schon viel eher. Vielleicht bald, wenn einer von denen hier mal Urlaub machen würde.

Es klopft an der Tür. Zart und abwartend. Endlich. Er hat es gewusst. Das kann nur sie sein, Jasmin. Er versucht, ihren Duft zu erheischen, der schon in seinem Zimmer sein muss, und atmet tief ein. Ein wenig irritierend stellt er fest, dass Jasmins Duft jetzt eine andere Note angenommen zu haben scheint.

"Herein."

Ein sanft lächelndes Gesicht erscheint in der Tür. Und ein Putzeimer. Der Geruch von Desinfektionsmitteln breitet sich in Windeseile aus. Georgia. Die Perle von Kalamaki. Andreas ist enttäuscht und erleichtert zugleich. Was wäre gewesen, was wäre passiert, wenn Jasmin hier wirklich hereinstolziert wäre, sich ihm an den Hals geschmissen hätte, ihn in Leidenschaft aufs Bett gedrängt und ihm dabei sein schrilles neues Hawaii-Hemd vom Leibe gerissen hätte? Bestimmt wäre in diesem Augenblick Martina gekommen, hätte ihn gesehen, wie er mit Jasmin auf dem Bett in eindeutiger Stellung das gemacht hätte, was man ungenauerweise 'betrügen' nennt. Sie hätte ihren, nein, seinen Sohn geschnappt und dieses Kalamaki verlassen, von dem sie immer schon geahnt hatte, dass hier nicht nur das Laster zu Hause ist, also auch Andreas. Sie hatte es schließlich selbst erfahren, damals, im unschuldigen Zustand einer schwäbischen Krankenschwester, die mit ihrem heilpraktizierenden Jugendfreund Martin das erste Mal unterwegs auf Kreta war. Sie hatte es als aufregend, ja sogar als wahnsinnig aufregend empfunden, als sie mit Andreas, dem Objekt ihrer jungen Begierde, in den Wellen gebumst hatte, womit das Leben von Paul begann.

Zum Glück steht Georgia da, bereit, den schlechten Ruf der Griechen in punkto Sauberkeit ad absurdum zu führen. Andreas erhebt sich.

"Nur eine Minute."

Sagt Georgia, in fast akzentfreiem deutsch. Und sie beginnt zu wischen.

"Frau Zimmer 5."

Wie, Frau Zimmer Nummer 5? Andreas schaut Georgia fragend an. Sie lächelt und verteilt dieses scheußliche Sagrotan, das radikale Desinfektionsmittel, aufgelöst in klarem, kretischem Wasser, das vom Ida-Gebirge in die Messara-Ebene fließt, das dort am Fuße dieses Gebirgsmassivs aufgefangen und in Plastikflaschen gefüllt wird, um dann auf unzähligen Tavernentischen teuer verkauft zu werden. Aber wie hilflos ist der Versuch, diese Zimmer zu desinfizieren! Sie infizieren sich mit jedem Gast neu. Der Bazillus kalamakiensis schüttelt das Giftzeug ab wie lästige Fliegen. Und schon sind ankommende Urlauber damit infiziert.

Und der nistet nicht nur in Zimmer Nummer 6. Auch in Nummer 5, na klar, beim Troubadour. Dort ist er wahrscheinlich zu einer Epidemie geworden. Auf dem Humus der schleimigen Folk-musik.

Er verlässt brav das Zimmer, nicht ohne Georgia noch ein kleines Lächeln zu schicken. Hat sie ihm schließlich nicht eine Botschaft übermittelt, die für sein weiteres Leben von großer Bedeutung sein könnte? Das sind die Gedanken, die in Andreas' Kopf herumschwirren wie Bienen vor dem Eingang ihres Stocks. Zimmer 5. Die Tür ist verschlossen. Er schaut sich um. Es ist niemand im Gang. Er horcht. Und hört Gitarrenklänge. Und leisen Gesang. Irgendein Dylan-Song. Er horcht angestrengt. Kein Laut von Martina. Klar, sie wird natürlich nicht laut lachen. Sie wird auch darauf vertrauen, dass er nicht einfach die Tür aufreißt und hineinpoltert und sie eifersüchtig hinauszerrt. Nein, er wird nicht die Tür aufreißen. Aber er horcht angestrengt weiter. Schließlich hat Georgia gesagt, dass sie in Zimmer Nummer 5 ist. Was soll er tun? Und wo ist Paul? Er hat gleich geahnt, nein, gewusst, dass mit Martina und dem Gitarristen etwas laufen würde. So hat Martina noch nie einen anderen Mann angesehen. Ein gebremstes Lächeln, das nichts verraten darf. Ja, so war es. Und dann saßen sie hinten im Taxi eng zusammen. Und Paul saß daneben. Womöglich hat er schon etwas mitbekommen. Seine Mutter hatte eine fremde Hand auf ihrem Schenkel. Andreas fühlt sich nun im Recht. Er könnte jetzt die Tür aufreißen. Aber was wäre, wenn der junge begabte Musiker da ganz allein, in sich versunken sitzt und seine Akkorde spielt? A-Moll. Eine Blamage ohnegleichen. Er horcht trotzdem weiter. Er will Martinas Stimme hören. Schließlich hat Georgia sie gesehen, in Zimmer Nummer 5. Der Beweis für ihre Untreue.

"Was machst du denn hier?"

Jasmin, göttinnengleich, steht plötzlich vor ihm. Ertappt. Aber wie kann er sein offensichtliches Horchen verschleiern?

"Ich ging hier vorbei, und da kamen Gitarrenklänge aus diesem Zimmer. Da hab ich ein wenig gehorcht."

Was für eine hilflose Erklärung. Aber Jasmin nimmt seinen Arm.

"Dein Sohn ist vom Fahrrad gefallen. Komm schnell. Er hat sich verletzt."

Er wirft noch einen kurzen, vorwurfsvollen Blick auf die Tür mit der Nummer 5, die, wie er erst jetzt bemerkt, etwas schräg angebracht ist. Also kretisch. Sie eilen gemeinsam die Treppe hinunter auf die Straße.

Man sieht den armen Paul nicht. Er ist umringt von fünf oder sechs griechischen Frauen, die seine Schürfwunden behandeln. Er sitzt tapfer auf einem dieser unbequemen und für ihn viel zu großen Stühle und hält brav seinen rechten Arm und sein rechtes Bein hoch. Seine Wunden werden gereinigt und desinfiziert, mit einem knallroten Zeug, das schlimmer aussieht als Blut.

Als Paul seinen Papa erblickt, lächelt er und hält ihm triumphierend seine Wunden entgegen. Und Papa Andreas fragt die überflüssigste aller Fragen.

"Tut es weh?"

Natürlich tun diese scheußlichen Schürfwunden weh, zumal wenn sie nicht gerade zimperlich ausgewaschen und desinfiziert werden. Aber Paul hat die Prozedur überstanden. Und schon bald hat er ein Eis in der Hand und sieht seinen Papa an, als wollte er sagen: Hat sich doch gelohnt, oder?

Er nimmt Paul vorsichtig auf den Arm.

"Wer ist das?"

Fragt Paul und deutet auf Jasmin.

"Du kennst sie doch, das ist Jasmin. Sie hat mir Bescheid gesagt, dass du vom Fahrrad gefallen bist."

"Ich bin aber nicht gefallen. Es hat mich einer geschubst."

Sein Interesse an Jasmin scheint erledigt. Er setzt Paul ab. Jasmin steht immer noch neben Andreas.

"Danke, dass du so schnell reagiert hast."

Sie lächelt.

"Das ist doch selbstverständlich. Ich hab schließlich auch ein Kind. "

Alexander heißt es. Wo ist er eigentlich? Aber bevor Andreas diese Frage stellt, schaut Jasmin ihn nachdenklich an. Da sind sie wieder, diese Augen. Nur nicht wieder darin versinken!

"Wo ist denn eigentlich Martina? So heißt sie doch?"

Ja, wo ist sie? Das ist eine gute Frage.

"Wahrscheinlich mit einem ortsansässigen Hippie am Strand."

Jetzt lacht sie.

"Hier gibt es immer noch Hippies?"

"Na ja, eigentlich schienen sie schon ausgestorben, aber offensichtlich gibt es in diesem besonderen Biotop eine Art, die hier überlebt hat und gegen die Strömungen der Zeit resistent ist."

"Warst du auch mal so etwas wie ein Hippie?"

Andreas muss jetzt nachdenken. Natürlich war er ein Hippie. Jedenfalls in den Augen seiner Nachbarn. Er hatte noch längere Haare als jetzt, hatte Haschisch geraucht, wollte gern nach San Francisco, um love and peace and everything zu erleben, aber ein richtiger Hippie, so mit letzter Konsequenz und allem Drum und Dran, war er wahrhaftig nicht. Und eine Definition für einen richtigen Hippie wollte er jetzt nicht versuchen. Wer war denn das schon?

"Wir waren für die damaligen Verhältnisse ziemlich ausgeflippt. Heute würde man darüber nur milde lächeln."

"Wie alt bist du eigentlich?"

Wieder eine unangenehme Frage, mit diesem Eigentlich-Anhang, der lauernd auf Wahrhaftigkeit wartet. Paul, der verletzte, aber tapfere Racker, rettet ihn vor der Antwort. Erst einmal.

"Ich geh zu den anderen Kindern."

Teilt er lapidar mit. Dabei humpelt er heftiger als nötig mit seinem Eis in den Minisupermarkt und wird dort von den Frauen weiter bemitleidet und mit Süßigkeiten versorgt.

Ja, wo ist Pauls Mutter wirklich? Ihr gemeinsames Kind liegt verletzt weit über zweitausend Kilometer von der Heimat entfernt auf einer kretischen Schotterstraße, wird von fremden, nein, wildfremden Frauen versorgt, und sie liegt womöglich ahnungs- und verantwortungslos in den Armen dieses Jünglings, den er als

Hippie beschrieben und damit diese Fragerei ausgelöst hat. Aber statt ihre Frage nach seinem Alter zu beantworten, legt er seinen Arm um Jasmin und zieht sie sanft an sich heran.

"Das Zählen der gelebten Jahre ist doch nichts weiter als schnöde Statistik. Manchmal fühle ich mich wie achtzig und dann wieder wie achtzehn."

Jasmin schaut ihn ungläubig an, aber wieder mit diesem verdammten Blick, der Männer wie ihn in den Abgrund stürzen lässt. Er küsst sie, die wunderbare Frau, die sich widerstandslos küssen lässt, die sogar darauf gewartet zu haben schien. Mitten auf der Straße, vor den Augen aller Neugierigen, in der untergehenden Sonne, unweit seines Sohnes, der am zweiten Eis schleckt und seine Wunden auf diese besonders süße Weise kühlt.

Aber Kalamaki wäre nicht dieser magische Ort, wenn nicht in diesem Moment Martina auf der Bildfläche erscheinen würde. Die Bildfläche ist die staubige Straße, auf der noch vor wenigen Augenblicken sein Sohn gelegen hatte, ohne Eltern, von Fremden versorgt. Gerade in diesem Moment kommt die Untreue und wird ihm Treulosigkeit vorwerfen. Nur weil er aus Dankbarkeit, wie er später erklären würde, diese Frau geküsst hat, die er schon länger kennt als Martina und somit ein nicht zu verachtendes Argument für sich in Anspruch nimmt.

Natürlich lösen sich die Küssenden beim Herannahen von Martina. Und erwartungsgemäß empört sie sich. Allerdings nicht in der üblichen Form.

"Andreas", sagte sie in einem bisher nie gehörten scharfen Ton, "kann ich dich kurz mal alleine sprechen?"

Jasmin entfernt sich vom Tatort.

Das ist keine Frage, sondern eine Bedrohung. 'Ich kann dir alles erklären' wird er nicht sagen. Er wird in die Offensive gehen. Sie fragen, ob sie in Zimmer Nummer 5 war, als Paul, ihr geliebter Sohn, im Staub von Kalamaki lag, verletzt, und diese fürsorgliche Frau ihn davon unterrichtet hat. Da ist ein harmloser Kuss als Dankeschön doch das Mindeste, was man tun kann. Doch Martina ist in diesem Moment mehr als humorlos und hat für Danksagungen dieser Art nichts übrig. Sie ist wütend. Obwohl sie eigentlich ganz kleine Brötchen backen müsste. Aber wahrscheinlich vertraut sie darauf, dass Andreas nichts vom Zimmer Nummer 5 weiß.

"Ich hab's gewusst."

Sagt Martina und kämpft mit ihren Tränen. Sie fällt in ihren schwäbischen Akzent.

"Du liebst mich nicht. Du bist nur scharf auf meinen Arsch und meine Titten. Aber in Wirklichkeit liebst du sie."

Wer mit 'sie' gemeint ist, ist beiden klar. Liebe, denkt Andreas und denkt weiter. An die unzähligen Versuche großer Geister, dieses Phänomen in Worte zu fassen. Heine, Goethe, Kant, Freud, Reich. Oder in anderer beliebiger Reihenfolge. Die Literatur lebt davon. Ohne diese Sehnsucht nach vollkommener Geborgenheit, deren Erfüllung an dem Versuch der Zementierung der Gefühle scheitert, indem man sich vor institutionalisierten Menschen das sogenannte Jawort gibt, was nichts anderes bedeutet als die Inbesitznahme des anderen, samt Monopolisierung der Sexualität, ohne diese Sehnsucht gäbe es keine richtige, nein, wahre Literatur. Höchstens Nobelpreisträger für Literatur.

Und wenn die sexuelle Attraktivität von Paaren abnimmt, was der Volksmund mit dem 'verflixten siebten Jahr' oberflächlich, aber treffend beschreibt, dann gibt es zwei Möglichkeiten, aus dem Vertrag herauszukommen. Entweder man arrangiert sich, bis einer den anderen überlebt hat und wieder frei wird oder, die modernere Variante, man trennt sich und sucht einen neuen Partner fürs Leben. Dann bleibt allerdings einer auf der Strecke, derjenige, der zuletzt aufgehört hat, zu lieben.

Für diese arme Kreatur gibt es keine Heilung mehr. Ohne diese Erfahrung gäbe es allerdings auch keine Weltliteratur. Insofern hat es im Negativen doch eine historische Berechtigung. Denn die Damen und Herren Dichter sind allesamt an diesem Ideal gescheitert, der sexuellen Begierde einen passenderen Namen zu geben als Liebe.

Endlose Vorlust, unerfüllte Sexualität. Vielleicht. Denkt Andreas. Wer sonst schwafelt von Liebe, die immer mit Leid verbunden zu sein scheint. Hollywoodfilme sind ehrlicher. Mit der Hochzeit ist immer Schluss mit lustig. Der Vorhang senkt sich sanft über das liebende Paar. Was dann kommt, das weiß jeder Verheiratete, dann kommt der Alltag, der alles totschlägt, was man Liebe genannt hat, über kurz oder lang. Andreas wird angesichts dieser Überlegungen pragmatisch. Und ehrlich. Er will eine andere Leidenschaft, die nicht durch das Wort Liebe und deren Ausbleiben zerstört wird. Er begehrt Martina immer noch, allerdings nicht mehr so häufig wie am Anfang. Und sie begehrt ihn auch immer noch. Was gibt es also Schöneres?

"Ich liebe deinen Arsch und deine Titten. Also liebe ich dich. Denn sie sind ein Teil von dir, deinem aufregenden Körper, der mit deiner Zärtlichkeit zum Ganzen wird."

Ein wunderbar philosophischer Satz, der ihm spontan eingefallen ist und durch Verwirrung für Harmonie sorgen soll. Doch das Gegenteil ist der Fall.

"Und das Herz? Was ist mit deinem Herz? Die Liebe zu mir kommt bei dir offensichtlich aus deinem Schwanz. Und dein Herz ist bei Jasmin."

Sagt sie und verschwindet. In Zimmer Nummer 5. Wie Andreas feststellt, als er ihr hinterher eilt. Die Tür schließt sich und Martina ist im Exil. Sie hat ihn nicht verstanden.

Was nun? Jetzt hinterhergehen? Unmöglich. Lauschen, was da drinnen gesagt wird? Unter seiner Würde. Zu Jasmin gehen und Trost suchen? Melodramatisch. Aber er ist eifersüchtig. Sehr sogar. Rasend beinah. Weil Martina aus Eifersucht in dieses Zimmer geht. Soll er jetzt Paul nehmen und einfach abhauen? Und Martina bestrafen? Oder zu Manolis gehen, ein Bier bestellen und der Dinge harren, die da kommen werden, auf einem großen Tablett mit vielen Tellern? Selbstzweifel überkommen Andreas. Er liebt Martina, doch wie geht das alles zusammen?

Essen ist immer gut, hat seine Großmutter ihm geraten. Und

obwohl er keinen Appetit hat, genießt er Manolis' Zucchinipuffer mit Knoblauchkartoffeln. Das hilft tatsächlich. Wenigstens ein bisschen. Andreas sieht sich um. Von Paul ist weit und breit nichts zu sehen. Manolis, dieses Phänomen, steht plötzlich neben ihm und deutet in Richtung Küche.

"Paedi ine mesa."

Sein Kind sitzt mit zwei weiteren "paedia" in der Küche. Sie essen Pommes. Die leckeren selbstgeschnitzten.

Paul fühlt sich offenbar wohl in Manolis' Reich, obwohl die Temperatur dort beträchtlich höher ist als in der Mittagshitze am Strand.

"Hier bist du! Ich hab dich schon überall gesucht!"

Paul hält ihm eine Pommes entgegen. Natürlich muss man als Vater den Mund aufmachen und diesen Kartoffelchip mit Genuss verzehren, auch wenn man aus lauter Liebeskummer keinen Hunger hat.

Er schluckt auch den zweiten und dritten. Und lächelt.

"Hier steckst du also! Ick hab janz Kalamaki nach dir abgesucht. Warst wie vom Erdboden verschluckt."

Sunny, der Sonnenschein. Sie platzt wieder einmal in Andreas' Leben.

"Und? Noch immer Stress mit den Damen?"

"Kann man sagen."

"Dann versuch's doch mal mit Frauen, die keine Damen sind."

Andreas schmunzelt. Sie ist wunderbar. Und ehrlich.

"Also mit dir?"

Sunny nimmt einen Kartoffelchip von Pauls Teller.

"Darf ick?"

Paul nickt und reicht ihr noch einen. Sie soll den Mund aufmachen. Füttern scheint sein neues Spiel zu sein. Sunny beißt ihm dabei sanft in den Finger. Paul guckt irritiert. Es tat nicht richtig weh. Soll er jetzt trotzdem weinen? Er tut es nicht, der Tapfere. Stattdessen hält er ihr einen weiteren Pommes entgegen, mit Tzatziki kontaminiert.

"Oh, danke. Das ist aber nett von dir."

Es ist aber nicht nett von ihm, es ist einfach Rache für den kleinen Biss in seinen Finger. Die Rache eines Kindes, das weiß, was Manolis' Tzatziki in den Mündern nichtgriechischer Touristen anrichten kann. Skordo. Knoblauch in seiner extremsten Form. Von harmlosem Joghurt zur vollen Entfaltung gebracht. Das wirkt. Auch bei hartgesottenen Berlinerinnen.

Sunny kommen die Tränen. Paul ist zufrieden und rennt hinaus in die frische Luft.

"Den könnt ick dir glatt klauen."

Sunny schaut Paul verträumt hinterher.

"Det is een richtiger Junge. So einer, wie ick mir ..."

Sie stockt und fühlt sich ertappt. Andreas hilft ihr aus der emotionalen Bredouille.

"Fast drei lange Jahre hat es gedauert, bis aus dem Hosenscheißer ein richtiger Junge wurde. Drei Jahre kaum eine Nacht, in der ich durchgeschlafen habe."

"Dafür siehst du aber doch noch ganz frisch aus. Aber deine, wie heißt sie noch, deine Freundin sieht dafür wahrscheinlich umso älter aus, oder?"

Sie schaut ihn dabei herausfordernd an.

"Wie kommst du darauf?"

"Na ja, der Stress mit diesem Kind und dazu noch mit einem attraktiven Mann, det macht Falten. Mein Ex, sag ich nur. Hier, diese Falte entstand am 29. Mai, am Tag, als er mir endlich die Wahrheit gesagt hatte. Und die hieß Sybille. Und wenn du noch mehr über die weiteren Falten wissen willst, dann frag meinen Spiegel. Der hat einiges in der Hinsicht gesehen. Meistens am nächsten Morgen. Und der lügt nicht."

Sunny lacht und Andreas schaut verstohlen in ihr Gesicht. Falten, diese markanten Einbuchtungen in der Haut. Einige stehen ihr gut, die kleinen um die Augen. Sie kommen vom Lachen, dem verschmitzten, dem Kompagnon ihres Humors. Andere wiederum deuten auf eine grundlegende Müdigkeit hin, die wahrscheinlich aus ihrer langjährigen, quälenden Beziehung zu Chacko entsprungen sind. Und dann sind da noch die kleinen, aber unerbittlichen Fältchen, die entstehen, weil mit zunehmendem Alter die Zellteilung langsamer wird, die Haut sich nicht wie früher regenerieren will. Und Frauen der Natur den Kampf angesagt haben. Mit freundlicher Unterstützung der sogenannten Anti-Aging-Creme. Die Naturgesetze lachen über so viele Verzweiflungstaten.

Das Altern, das gottverdammte. Das Schlechthinige. Es ist nicht zu überlisten. Sunny wird es gar nicht erst probieren. Das Siechtum mit straffer Haut zu verbergen. Mit einer faltenlosen Fratze in die Kiste.

"Ick steh total auf mein Gesicht. Det is meine Geschichte. Da können sensible Menschen drin lesen. Die Jelifteten liegen genauso schnell in der Kiste wie icke."

Recht hat sie, die Berlinerin. Sie hat nicht den ungleichen Kampf mit den Naturgesetzen aufgenommen. Sie lächelt verschmitzt.

"Und? Bin ick nich attraktiv? Für mein Alter?"

Und dabei streckt sie schelmisch ihren Busen raus.

"Allet echt. Keene Chemie drin."

Und lächelt siegesgewiss.

"Kannst ruhig mal anfassen."

Andreas zögert. Soll er wirklich? So ganz wissenschaftlich, also neutral ihren strammen Busen begrabschen? Geht das eigentlich?

"Mach schon, oder willst du mich beleidigen?"

Sie nimmt seine Hände und führt sie zu ihrem Busen. Was sollen bloß die Leute denken, Andreas dreht sich hilfesuchend um. Doch Leute sind nicht in Sicht.

"Und?"

Will Sunny wissen.

"Ja, sehr stramm."

Sie schaut ihn fragend an.

"Is det alles?"

Andreas muss sich nun differenzierter ausdrücken. Aber wie?

"Also, wenn ich nicht mit Martina zusammen wäre, dann ..."

Er stockt. Sunny lächelt siegesgewiss.

"Dann?"

Will sie wissen.

"Dann würde ich sagen, dass du eine junge, begehrenswerte Frau bist."

Sunny lacht.

"Nur wegen meiner Titten?"

Andreas ist in eine Falle getappt. Schnell raus. Aber wie? Beim Zeus. Der hilft unbekannterweise. Mit solider Halbbildung. Und Augenzwinkern.

"Die Biologie und die Triebe. Eine seltsame Symbiose, die den Menschen schon immer zu schaffen gemacht hat. Das bedeutet auf der einen Seite die Erhaltung der Art und auf der anderen die Irritationen der modernen Gesellschaft. Stichwort Triebunterdrückung."

Sunny schaut ihn ungläubig an.

"Wovon redest du?"

"Von den fatalen Gesetzmäßigkeiten der Biologie. Die einzigen, die darunter nicht gelitten hatten, waren die griechischen Götter. Wahrscheinlich gab es damals noch nicht diese menschenfeindlichen Naturgesetze. Zeus, der ewig junge, geile Bock, ist wahrscheinlich erst mit der modernen Medizin ins endgültige Jenseits befördert worden. Von dort her sendet er nur noch schwache Signale. Die völlig entstellt bei den modernen griechischen Männern ankommen und das anrichten, was man gemeinhin als Realitätsverlust bezeichnet."

"Det musst du geübt haben. Kannst du das noch mal sagen?"

"Okay. Also, wenn ein in die Jahre gekommener, übergewichtiger Grieche eine schlanke, junge Touristin von seinen Qualitäten und Quantitäten als Liebhaber überzeugen will, also sie schnell rumkriegen will, dann macht er einen auf Fischer, mit der Attitüde und im grauen Anzug des legendären Alexis Sorbas. Diese folkloristische Vorstellung kommt komischerweise immer noch an. Besonders bei jenen Damen aus dem Norden, die im fortgeschrittenen Alter noch einmal richtig ihre Naivität ausleben wollen. Sie zappeln dann in Nullkommanichts im Netz dieser Fischer. Und haben vielleicht nach vielen Jahren der sexuellen Entbehrung dann doch noch einmal so etwas Exotisches wie einen Orgasmus. Was ja immerhin die Reise lohnt. Weitergehende Ambitionen werden dann doch schnell vom Auftauchen der Fischerin zu den Prospekten gelegt werden müssen."

Sunny hat sich inzwischen an Andreas Schulter gelehnt und in den Abendhimmel geschaut. Dabei hat sie aufmerksam zugehört.

"Kann mich denn nich och mal ein Fischer fangen? Im richtigen Netz?"

Sie schaut Andreas tief in die Augen.

"Ich bin kein Fischer."

"Schade."

Sunny kommt hoch und legt ihre Arme um Andreas. Sie schaut ihn mit großen, traurigen Augen an. Was nun? Es droht eine Knutscherei, eine, die auf Verzweiflung basiert.

Doch Andreas' Rettung naht. Sie biegt um die letzte Kurve, die Kalamaki vom Rest der Welt trennt. Ein hupendes Taxi. Angelos ist eigentlich nur ein einfacher Taxifahrer, jetzt aber der rettende Engel, mit seinem blank gewienerten Mercedestaxi. Er hupt noch einmal. Laut. Damit alle gucken. Es funktioniert. Manolis eilt neugierig aus seiner Küchenhölle. Paul rennt sicherheitshalber zum Papa. Das Taxi hält direkt vor Manolis' Taverne.

Andreas sieht Sunny fragend an.

"Ist heute Sonntag?"

"Wie? Ick hab Urlaub. Da is jeder Tag een Sonntag."

Es muss Sonntag sein. Der Tag des Herrn. Kiriaki. Und Angelos' Taxi steht direkt vor Manolis' Taverne. Und dann steigt sie aus, seine Familie. Sie ist größer als bisher angenommen. Andreas wundert sich, wie viele Menschen in diese Karosse aus dem Schwäbischen hineinpassen. Er hat es also wahrgemacht, der wunderbare Engel. In seinem Schlepptau ein altersschwacher Toyota-

Pick-up. Und da sitzt eine weitere Familientruppe drin. Nichts ist unmöglich. Die Türen gehen auf und seine umfangreiche Familie ergießt sich über den kleinen, staubigen Marktplatz. Manolis stellt frische Plastikstühle bereit, die er erst gestern von dem 'Fahrenden Volk' der Roma gekauft hatte. 'Karekla y trapesia'. Dieser Ruf hallt beinahe jeden Tag durch Kalamaki, aus einem Lautsprecher auf dem Autodach, der seinen Namen verdient.

Angelos hat Andreas sofort entdeckt.

"Jasou file! Ti kanis?"

Er umarmt ihn heftig und küsst ihn rechts und links auf die Wange. Er riecht nach Zigaretten. Und ist schlecht rasiert. Und dann kommt der Rest der Familie, die Paul sofort unter sich begraben.

"Wo ist Martina?"

Fragt Elpida. Gute Frage. Soll er jetzt sagen, dass sie mit dem jugendlichen Tramper in dessen Zimmer ist und bestenfalls schmollt, wenn sie nicht gar in seinen Armen liegt und sich auf banale, aber oft wirkungsvolle Weise trösten lässt?

"Martina kommt gleich. Sie duscht gerade."

Er lügt diese Menschen an und fühlt sich schlecht. Aber er kann ihnen doch jetzt nicht in Kurzform diese komplizierte Geschichte erzählen, die er selber auch nicht kennt.

Doch Angelos und seine Familie sitzen schon längst auf diesen Plastikstühlen, die dafür sorgen, dass man nach kurzer Zeit bei bestimmten Wetterlagen einen feuchten Hintern bekommt. Andreas schaut sich um. Georgias Pension. Keine Martina zu sehen. Also muss Paul ran. Er soll jetzt seine Mama holen. Doch Paul hat schon längst eine zutiefst menschliche Witterung aufgenommen. Ein Ball rollt über den Platz. Wer kann da widerstehen. Der Reflex, der fatale. Er nimmt den Ball volley, aber dessen Flugbahn ist nicht die gewünschte. Paul hat nicht lange überlegt. So wie es sich für einen richtiger Goalgetter gehört. Annehmen und abziehen. Und rein das Ding, in Manolis Taverne. Andreas schmunzelt. Und ist stolz. Er wird ein Instinktfußballer werden, einer wie 'Ente Lippens' seinerzeit oder Rudi 'Käthe' Völler. Paul hat offensichtlich ganz in der Tradition der großen Torjäger das überflüssige, nein, schädliche Denken vor des Gegners Tor eingestellt und Manolis' köstliches Kaninchen vom Teller geschossen. Ausgerechnet die Portion, die auf dem Teller von Angelos' Schwester Xenia auf den Verzehr wartete.

Xenia hätte Paul eigentlich dankbar sein müssen. Ihr Kampfgewicht liegt oberhalb der oberen Grenze. Aber sie scheint Pauls Diätvorschlag nicht zu akzeptieren. Sie schreit etwas auf Griechisch, was Paul nicht versteht.

Die Harmonie scheint dahin. Auch eine Portion Tzatziki hat daran glauben müssen und ein oder zwei Heineken liegen im kretischen Straßenstaub. Das ist auch gut so, denkt Andreas. Heineken, diese Karikatur des guten deutschen Reinheitsgebrauten.

So ein Gebräu hätten Ente Lippens und sein Kumpel 'Kopfballungeheuer' Horst Hrubesch nie getrunken. Sie, die gerne ihre Angel gemeinsam in den Horst-Emscher-Kanal gehalten hatten, ohne die geringste Hoffnung auf einen Fang. Bei dieser kontemplativen Tätigkeit, einem nutzlosen Selbstzweck und mentalen Training der proletarischen Art, tranken sie Dortmunder Aktien Bier oder König-Pilsener. Und erschienen danach angeheitert zum Training.

Doch das ist leider Geschichte. Heute angelt kein Fußballprofi mehr an diesem Kanal, in dem es allerdings tatsächlich wieder Fische geben soll. Stattdessen schwingen sie Golfschläger. Und fressen in teuren Restaurants. Lassen sich dort von Köchen verarschen. Emscheraal an Basilikum. Oder gar Ente an Orangen. 'Ente' Lippens hätte sie mit seiner Angel erwürgt, die halsabschneiderischen Köche. Mein Gott! Andreas begreift den Niedergang des deutschen Fußballs. Wenn er Trainer wäre, was er niemals wollte, dann würde er ...

Sunny stößt Andreas sanft in die Seite. Er hat sich gerade gefragt, was Ente Lippens eigentlich jetzt so macht. Angelt er? Treibt er es noch mit seiner Frau? Oder sie mit ihm? War er eigentlich verheiratet? Damals spielten die Frauen der Spieler noch keine Rolle. Ente hätte fremdgehen können. Keinen hätte es interessiert. Er spielte seinen Gegenspielern Knoten in die Beine. Und bei Hotte Hrubesch dachte sowieso keiner daran, dass er eine Frau hat. Er hat bei der Ecke ordnungsgemäß seinen Schädel hingehalten, wie damals in Rom, als er den Belgiern das 'Ding' reinköpfte. Nein, reindonnerte. Das war dann die Europameisterschaft für alle Deutschen.

"Soll ick mich mal um deine Lady kümmern?"

Sunny, energisch. Die Realität zurückholend.

"Was meinst du mit 'kümmern'?"

"Na ja, die muss doch hier jetzt anrollen, damit hier alles in Ordnung scheint."

Andreas schaut sie kopfschüttelnd an. Doch Sunny geht zielstrebig zur Pension, in der alles angefangen hat und alles aufhören kann.

"Das ist mein Schwager Alexandros."

Angelos deutet auf einen Mann, der in seinem Taxi mindestens die Hälfte der Rückbank eingenommen hat.

"Und die Frau neben ihm ist meine älteste Schwester Xenia."

Deren Kaninchenteile bereits aufgesammelt wurden, und die nun frische Teile dieses süßen, putzigen Tieres in ihren Mund schiebt. Oder hat Manolis den Staub nur abgespült?

Xenia braucht Nachschub für ihren gewaltigen Körper. Deshalb macht sie sich auch offensichtlich keine Gedanken über die Hygiene griechischer Tavernen. Mein Gott, die Statistik der Europäischen Union. Andreas erinnert sich. Die griechischen Frauen liegen in Europa weit vorn. Was das Übergewicht betrifft. Dabei ernähren sie sich doch mediterran, also gesund. Olivenöl, ungesättigte Fettsäuren, frisches Gemüse und Fisch aus dem Mittelmeer. Doch die fröhliche Xenia, im Zenit ihres Fettes, lacht alle Statistiken beiseite. Sie scheint Fleisch in allen Variationen zu lieben. Und Pommes, die fetttriefenden, und Eis und Raki. Also keine Anhängerin der alljährlichen Frühjahrsdiät der Frauenzeitschrift Brigitte.

Die gibt es noch nicht auf Griechisch, was aber keine Konsequenzen für die weitere Statistik hätte. Obwohl auch hier bereits halbemanzipierte Provinzschönheiten auf dem Marsch in die moderne weibliche Warenästhetik unterwegs sind.

Angelos blüht auf. Mit Xenia und einem Teil seiner weitläufigen Familie befindet er sich in seinem ureigenen griechischen Element. Er bestellt alles, was Manolis' Küche hergibt. Er liebt wie alle Griechen viele Teller mit Speisen. Egal, was und wie viel auf ihnen liegt. Da ist er bei Manolis goldrichtig.

Sunny verschwindet in Georgias Pension. Andreas schaut ihr ein wenig besorgt hinterher. Paul hat wieder Durst.

"Wo ist Mama?"

Was soll er darauf antworten?

## Götterdämmerung

Wer befürchtet hätte, wie es Andreas zunächst befürchten musste, dass ein schnöder Ball, getreten von seinem Sohn und künftigen Stürmer des FC St. Pauli, die heilige kretische Geselligkeit in einer Taverne am Abend zerstören kann und berechtigten Unmut auslöst, der hätte sich getäuscht. Angelos und seine umfangreiche Sippe gehen weiter ihrer Bestimmung nach und essen und schwätzen und trinken was das Zeug hält. Manolis serviert, und die Welt der Griechen ist in allerbester Ordnung. Doch dann kommt er, der Wind, der sich zunächst zögernd ankündigt, um dann überraschend und heftig über Kalamaki und das ganze südliche Kreta herzufallen. Der Meltemi. Er sorgt sofort für Sorgen. Der böige Wind bläst nämlich die kulinarischen Köstlichkeiten vom Tisch der griechischen Parea. Dann landen urplötzlich Plastikteller mit Tzatziki auf sauberen Hemden, dann sind gefüllte Tomaten wieder zurück in Richtung Gewächshäuser unterwegs, dann werden Sardinen fliegende Fische, dann verkriechen sich Katzen in schützende Ecken, dann weiß der Grieche, dass die Götter den heißen Sommer ankündigen. Mit dem Wind, der schon den alten Odysseus beinahe in den Wahnsinn getrieben hat, dem unberechenbaren, aber unerbittlichen Wind aus dem Norden. Ohne ihn gäbe es wahrhaftig keine Odyssee. Der Held von Troja wäre gemütlich nach Hause gesegelt. Nach Ithaka zu seiner Penelope und hätte keinen Stress mit den Rivalen gehabt, die ihm die Frau, oder besser gesagt sein Königreich wegnehmen wollten. Aber die Götter, insbesondere Poseidon, hatten etwas dagegen und bescherten dank Homer der Menschheit den ersten großen Schinken der Weltliteratur, den viele kennen, aber nur wenige gelesen haben.

Auch Angelos hat von Odysseus gehört. Und nicht nur das. Ein Cousin heißt sogar Odysseas. Dieser weitläufige Verwandte ist zwar nie zur See gefahren - er wurde schon im Tretboot auf Ägina seekrank - und ist weiß Gott auch sonst kein Held, aber seine Mama und seine Tanten schienen wahre Sirenen zu sein. Er machte seinem Namen alle Ehre und hielt sich die Ohren zu, wenn die hochtönigen Ermahnungen an seine Ohren zu dringen drohten.

Der Meltemi wirbelt den trockenen kretischen Staub auf, der in alle Ritzen dringt. Andreas lächelt. Der Wind, das himmlische Kind, er wird die Gitarre aus Zimmer 5 hinausblasen in die Macchia, der deutsche Troubadour und Möchtegernpopstar wird panisch hinter seiner geliebten Klampfe herrennen und Martina vergessen. Oder auch nicht. Denn weder Gitarre noch dieser Sebastian aus dem Schwäbischen werden vom Wind durch Kalamaki getrieben.

Angelos und seine Familie sind inzwischen mit Tellern bewaffnet in das Innere von Manolis' Heiligtum geflüchtet. Alles rennt, rettet, flüchtet. Wie Schiller, der Friedrich, es vorausgedichtet hat. Hinein in die rettende Höhle, wo Manolis schon die Plastikstühle bereitgestellt hat. Da sitzen sie nun, zwischen den Bierkisten, dem Kartoffelsack, den Zwiebeln und dem Bett, der Lagerstatt von Manolis, auf das er nach getaner Tavernenarbeit sein nimmermüdes Haupt bettet. Was für ein Ambiente. Andreas muss auf dem Bett sitzen, das etwas gequält unter ihm quietscht. Es ist offensichtlich nicht gewohnt, dass irgendjemand anderer als Manolis die dünne Matratze strapaziert.

Es kommt zu Andreas' Überraschung dennoch etwas auf, was man in Deutschland Gemütlichkeit nennen würde, trotz greller Neonbeleuchtung und Zwiebelgeruch. Draußen pfeift der heftige Wind. Hier im engen Kokon von Manolis Behelfstaverne gibt es Sicherheit. Und Bier. Und Keftedes. Und Souflaki. Und noch mehr Tzatziki. Und Wein und Geborgenheit. Angelos umarmt seinen neuen Freund Andreas.

"Wo ist deine Familie?"

Ja, wo ist sie? Seine Familie? Die Kleinfamilie, die verletzliche, die zarte, die vom ersten Sturm so schnell verweht werden kann? Angelos' Familie ist groß, hat einen strammen inneren Zusammenhalt, ein Ausbrechen ist fast unmöglich. Was natürlich auch ein Nachteil sein kann. Aber in der meltemiumwehten Geborgenheit von Manolis' schützenden Wänden rückt die Familie von Angelos weiter zusammen. Andreas schaut zur Tür. Er fühlt sich plötzlich einsam, alleingelassen. Wo ist Paul? Er schaut sich um. Paul ist weg. Verschwunden. Ohne Bescheid zu sagen. Andreas steht auf und geht zur Tür.

"Was ist los? Wo willst du hin? Komm, trinken wir auf die deutsch-griechische Freundschaft."

Angelos, der Aufmerksame.

"Paul ist weg."

Und Andreas geht hinaus in den Wind, in den Staub, zur Pension. Er eilt die Treppe hoch, kein Paul zu sehen. Er kommt zu Zimmer Nummer 5, hält inne und horcht. Kein Laut. Nichts. Er wartet noch einen Moment, denn immerhin hätten sie ihn heraufstürmen hören können. Aber nichts. Kein Laut. Was nun? Die Tür von Zimmer Nummer 3 öffnet sich.

"Hallo. Suchst du deinen Sohn? Er ist hier. Bei uns."

Jasmin.

"Komm, wir haben schon auf dich gewartet."

Wer ist wir? Der Gottschalk-Typ vom letzten Jahr? Der ist also doch wieder da? Der mit den blond gelockten und gefärbten Haaren? Der ständig an Jasmins Seite war und wie ein Wachhund keinen an sie ranließ? Dieser Verschnitt eines bekannten Entertainers? Dieses Weichei? Der nicht der Vater von Jasmins Sohn ist, aber sich so aufgespielt hat?

Andreas wird die Gelegenheit nutzen und ihm, wenn der ihn wieder so widerlich angrinsen sollte, sofort eine reinhauen. Ohne Rücksicht auf Verluste. In dieser Stimmung geht er in Zimmer Nummer 3.

"Papa". Sagt Paule, der ehemalige Hosenscheißer. Andreas nimmt ihn auf den Arm. Dabei sieht er zu seinem Entsetzen, dass dieses Zimmer überfüllt ist. Von Frauen. Von drei Frauen. Sunny, Martina und Jasmin. Ein weibliches Triumvirat. Sie schauen ihn an. Drei Richterinnen, unbarmherzige. Als müsse er sich jetzt, wie einst Paris, entscheiden. Aber welche von ihnen ist diese verdammte Helena? Alle lächeln, selbst Martina, die untreue. Er sieht sich um und setzt Paul ab. Er stinkt immer noch, trotz Ansage. Also doch noch keine pampersfreie Zeit. Und außer Paul ist kein Mann in Sicht. Was nun?

"Det is ne Überraschung, wa?"

Sunny, die Moderatorin. Sie lächelt verschmitzt.

"Setz dich. Keene Angst, et jibt keen Tribunal. Nur ne lockere Aussprache."

Andreas schaut noch einmal ungläubig in die Runde. Bloß weg hier, ist sein erster Gedanke, vom natürlichen Reflex gezeugt. Hier ist eine Verschwörung im Gange. Er dreht sich um und will zur Tür. Dort steht Jasmin und versperrt ihm den Weg.

"Hiergeblieben. Du musst dich jetzt entscheiden. Das haben wir entschieden."

"Wer ist wir?"

Fragt Andreas. Um Zeit zu gewinnen. Ist Sunny etwa auch 'wir'?

Martina kommt langsam auf ihn zu. Sie schaut ihm in die Augen. Sie will es wissen.

"Und? Bist du eifersüchtig?"

Was für eine Frage! Natürlich ist ein Mann wie Andreas, bei all seinen äußeren Vorteilen, niemals eifersüchtig. Selbst wenn er es vielleicht einmal war. Oder so etwas wie gewesen sein sollte.

"Auf wen sollte ich eifersüchtig sein?"

"Auf meinen Gitarristen."

"Wo ist der Feigling denn eigentlich?"

"Beantworte bitte meine Frage."

"Wenn ich sie bejahe, ist das ein Liebesbeweis? Na gut, ich bin eifersüchtig, aber nur ein ganz klein wenig, wie es sich für einen ordentlichen Liebhaber gehört. Zufrieden?"

"Du Arsch."

Kommt es spontan aus Martinas Mund.

"Du bist nicht mein Liebhaber, sondern mein Mann, der Vater unseres Kindes."

Andreas ist in der Defensive. Eindeutig. Also Angriff. Aber wie? Kontrollierte Offensive? Oder Hurra-Fußball?

"Auf 'deinen' Gitarristen soll ich eifersüchtig sein? Ist er jetzt 'deiner'? So mit allen Schikanen? A-Moll? House of the Rising Sun? Dem Puff-Song? Wo ist er denn eigentlich, dein jugendlicher Troubadour? Du hast doch mit ihm gebumst! Gib es endlich zu!"

Also keine kontrollierte Offensive. Martina nimmt Paul auf den Arm, der kaum noch seine Augen aufhalten kann.

"Hey, nun mal langsam mit de jungen Pferde. So wie ick det sehe, liegt hier een großes Missverständnis vor."

Doch Martina hat etwas gegen Moderatoren, die alles nur nivellieren und auf eine unverbindlich nette Ebene bringen wollen.

"Sag doch endlich, dass du diese Frau liebst, vom ersten Augenblick an geliebt hast."

Sie schaut auf Jasmin. Der ist das Ganze ziemlich peinlich, aber die Situation scheint ihr trotzdem ein wenig zu gefallen. Schließlich ist sie die Hauptperson, der Zankapfel, in den Andreas hineingebissen hat. Paul, der inzwischen auf dem Balkon war und wahrscheinlich seinen Kumpels beim Spielen zugeschaut hat, der kleine Paul steht jetzt verstört in der Tür. Mama und Papa streiten. Das will er nicht. Martina hat Paul jedoch noch nicht bemerkt. Sie spricht jetzt allerdings leiser, beinahe traurig.

"Und ich nur zweite Liga bin, um es mal in deiner Sprache auszudrücken."

Was soll Andreas darauf antworten? Du bist Champions League? Oder ähnlichen Quatsch? Jetzt, wo es darauf ankommt?

Sie steht mit Paul auf dem Arm mittlerweile an der Tür. Andreas zögert. Was Frauen nicht mögen. Er hat die Gelegenheit verpasst. Und schon ist Martina mit Paul verschwunden. Sunny und Jasmin schauen ihn an. Was tun? Eine leninsche Frage. Die auch der Revolutionär in dieser Situation nur schwer hätte beantworten können. Aber Sunny kann es.

"Ick hab 'ne Flasche Prosecco im Kühlschrank. Wie wär's? Sollen wir sie köpfen?"

Für Sunny nur eine rhetorische Frage. Schon fließt das italienische Modezeugs in griechische Wassergläser. Alkohol, der Helfer in der Not. Andreas mag keinen Prosecco. Er trinkt ihn trotzdem.

Sunny redet über Kalamaki, den Ort, in dem alles passiert, was passieren kann. Das macht die besondere Atmosphäre des 'Betonkaffs'. Love it or leave it. Mit steigendem Alkoholpegel wird die Runde noch entspannter. Die drei lieben schließlich sogar den Beton, ein wenig jedenfalls. Denn er ist der Garant für Abschreckung, für Aussortierung oder, wie Sunny es nennt, für Auslese.

"Nur die Sensiblen, ick meine, die wirklich Sensiblen fühlen sich hier wohl."

Und sie hebt triumphierend ihr Glas. Andreas stößt an und schaut zu Jasmin. Der Prosecco hat es nicht geschafft. Er ist immer noch nüchtern. Wird Martina sich trennen? Und was wird aus Paul? Aber keine Schwäche zeigen. Schließlich ist er ja der Betrogene. Vorwärts und vergessen. Da hilft in guter alter Politikermanier nur noch das Schwadronieren. Er hebt sein Glas.

"Nur hier, in diesem künstlich geschaffenen Ort, der weit davon entfernt ist, so etwas wie ein griechisches Dorf zu sein, kann das wahre Verständnis für Griechenland aufkommen. Hier offenbart sich die griechische Seele in Reinkultur. Wer diesen Ort liebt, der liebt wirklich. Und Beton ist schließlich die Mischung von grobkörnigem Sand, Kalk und Wasser. Eine Metapher für Bodenständigkeit, Geist und Wille. Schon die Römer haben damit 120 vor Christus ein wahrhaft hellenisches Denkmal gesetzt, das Pantheon in Rom, dessen Außenmauern aus eben diesem Beton gebaut wurden. Seitdem ruht die einmalige Kuppel seit fast zweitausend Jahren auf dem banalen Stoff, der in Kalamaki und sonst überall in der Welt für Wohlstand und Wachstum sorgen soll. Ausgerechnet Beton, dieses lapidare Gemisch!"

Er schaut triumphierend in die Runde und trinkt. Jasmin ist etwas verwirrt. Sie kann nicht so recht nachvollziehen, was Andreas damit meint. Sunny lacht.

"Wenn ick det in Berlin erzähle, dann liefern die mich ein. Hundertprozentig."

Sunny stößt mit Jasmin an.

"Der kann einen direkt ins Bett quatschen, oder?"

Jasmin trinkt ihr Glas aus. Sie steht auf. Schaut Andreas an. Sie muss zu ihrem Kind. Als gute Mutter. Und zu jemandem, der auf Alexander aufpasst. Und wir sehen uns morgen. Ganz bestimmt. Und dann der Abschiedskuss. Sunny guckt weg. Er spürt Jasmins Busen und ihren Oberschenkel, der sich sanft aber bestimmt zwischen seine Beine schiebt. Wo bin ich hier? Der Alkohol?

Dann geht sie. Abrupt. Ohne ein Wort. Die Tür schließt sich. So ein Luder. Er spürt ihren Kuss noch auf seinen Lippen. Sie ist ein Luder, was immer das sein mag. Andreas wird plötzlich von einer Sekunde auf die andere aus einem Traum gerissen. Abhaken, denkt er, abhaken. Endgültig. Für immer. Verarschung, alles Verarschung. Sie ist nichts als ein 'big teaser'. Und Andreas ist mit Sunny allein. Sie scheint seine Gedanken zu ahnen.

"Nun bin ick übrig geblieben. Oder anders ausgedrückt, du hast keene Wahl mehr."

Sie lacht.

"Aber ick könnte mich revanchieren. Ick biete dir Asyl in Kalamaki. Det mach ich weiß Gott nich bei jedem, wenn du verstehst, was ick meine. Ick mag dich."

Andreas hat verstanden. Er mag Sunny auch. Sehr sogar. Aber er ist in Zimmer Nummer 3. Und gegenüber ist Zimmer Nummer 5. Und nebenan Zimmer Nummer 4. Jasmins Zimmer.

Sunny ist ins Bad gegangen. Sie putzt ihre Zähne. Sie will offensichtlich ins Bett. Andreas zögert. Dann gurgelt sie. Und spuckt das Wasser laut aus. Das erleichtert Andreas' Entscheidung. Er wünscht eine gute Nacht und steht im Flur von Georgias Pension. Es ist ruhig. Gespenstig ruhig. Was nun?

Er hechtet die Treppe hinunter. Manolis' Taverne. Ein Bier und in Ruhe überlegen. Aber in solchen Fällen gibt es nichts zu überlegen. Handeln ist angesagt. Manolis bringt ihm ein Bier. Trinken fördert nicht unbedingt Handeln, eher Grübeln. Also grübelt er. Statt zu denken. Er sieht sich schon als Rabenvater. Vor Gericht. Einem deutschen mit einer Richterin, die ihn gnadenlos zu fünfzehn Jahren Zwangsarbeit mit Frau und Kind verurteilt. Oder zu einem Leben ohne Paul.

Der Meltemi scheint Mitleid mit Andreas zu haben. Er nervt nicht mehr. Hat sich in die rauen Berge zurückgezogen. So können die Sardinen friedlich auf einem Teller liegen, bereit, gegessen zu werden. Manolis, der Therapeut. Er bringt Essen. Das beruhigt und fördert einen aggressionsfreien Gedankenfluss, macht sanft und umgänglich. Das hat ihm ein übergewichtiger Psychologe mal erzählt. Der Liebeskummer hatte und seine 'fremdgehende' Frau am liebsten erwürgt hätte. Ja, 'erwürgt' hat er gesagt und hinzugefügt, dass er unterbewusst, oder unbewusst, seine Frau am Essen hindern wollte, um sie zu quälen. Das ist natürlich die erheblich verkürzte Version dieses eloquenten Akademikers, aber das banale Resultat eines hilflosen Erklärungsversuches eines Eifersüchtigen.

Andreas nimmt einen kräftigen Schluck aus der Heineken-Flasche. Wenigstens ist sie kalt. Eher eiskalt. Manolis stellt sie gerne kurz ins Tiefkühlfach, damit sie trinkbar werden. Warm serviert, wie oft üblich, ist dieses holländische Ersatzbier selbst von Verdurstenden nicht runter zu kriegen. Er wartet auf den Tag, an dem das deutsche Reinheitsgebot auch in Griechenland endlich Einzug hält. Dann kann man auch seinen ersten Wohnsitz hierhin verlegen.

Nach einigen Shrimps frisch aus Madagaskar sieht die Welt wieder ein wenig rosiger aus. Angelos und seine Bande sind längst fort. Zurück in die Geborgenheit ihres Dorfes. Er isst in Ruhe und versucht, an nichts zu denken.

"Schön, dass ich Sie noch treffe!"

Eine Stimme von hinten. Die ihm bekannt vorkommt. Hedwig, die nette. Er dreht sich um. Sie ist allein und ein wenig verlegen.

"Darf ich mich zu Ihnen setzen?"

"Natürlich."

Sagt er und schluckt eine halbe Sardine mit Gräten hinunter.

"Sie wundern sich jetzt bestimmt, dass so eine alte Frau wie ich sich hier mitten in der Nacht rumtreibt. Aber mein Mann, also der Gerhard, der hat vorhin offensichtlich die Sardinen nicht vertragen. Ihm wurde schlecht. Drei Kilometer hinter Kalamaki. Der Arme. Ich habe auch Sardinen gegessen und unsere Freunde auch. Aber Gerhard musste sich übergeben und behauptet, es waren die Sardinen. In diesem ekligen Restaurant. In dem es bestimmt Kakerlaken gibt und sonstiges Ungeziefer. Er hat Angst davor. Er kann mir übrigens bis heute nicht erklären, was Geziefer ist."

Sie lacht und schaut in den Sternenhimmel.

"Wissen Sie was ich glaube?"

"Nein, keine Ahnung."

"Der wollte noch länger hier bleiben und nicht in unser Haus zurück."

"Eine gewagte Interpretation."

"Er ist sehr sensibel, obwohl man ihm das auf den ersten Blick nicht anmerkt. Ich bin sicher, dass er den Tag sehr genossen hat und nicht in unser Haus zurückkehren wollte."

Manolis stellt wortlos ein Glas Wein und eine Kerze auf den

Tisch, deren Flamme ums Überleben kämpft.

"Er hasst das Haus. Sein Vater ist darin gestorben. Deshalb meint er, seinetwegen dort immer wieder hinfahren zu müssen."

"Oh, das tut mir leid."

"Ach, das ist schon zehn Jahre her und das Haus ist total umgebaut worden. Nur der Swimmingpool ist noch derselbe."

"Und dort hat er sich ...?"

Das kommt ganz unbedacht aus Andreas heraus. Er hat ins Blaue gezielt und ins Schwarze getroffen. Hedwig guckt ihn überrascht an.

"Woher wissen Sie das?"

"Es ist die Konsequenz Ihrer Erzählung."

Er nimmt einen kräftigen Schluck aus der grünen Flasche. Hedwig nippt am Wein, am kokkino, dem roten. Sie schaut Andreas nachdenklich in die Augen.

"Sie sind ein ungewöhnlicher Mensch. Ich hätte gern einen Sohn, der so ist wie Sie."

Was für ein Kompliment. Wie kommt man aus dieser etwas peinlichen Situation heraus?

"Sie haben eine Tochter, die bestimmt so attraktiv ist wie Sie."

Kaum hat er diesen Satz ausgesprochen, möchte er ihn wieder verschlucken. Eine Peinlichkeit, die er schnell seiner emotional angespannten Situation zuordnet.

"Danke. Das ist ein wunderbares Kompliment. So etwas habe ich seit Jahren nicht mehr gehört. Mein Mann ist dazu leider nicht in der Lage. Und ich bezweifle, dass er so etwas auch jemals sagen könnte."

"Hat Ihre Tochter denn gar keine Ähnlichkeit mit Ihnen? Auf dem Bild sah es aber so aus."

"Das ist es ja gerade. Sie sieht, wie soll ich sagen, fast genau so aus wie ich in ihrem Alter. Und da habe ich auch meinen Mann kennen gelernt. Er müsste es doch wissen. Oder?"

Sie ist den Tränen nahe. Was soll Andreas jetzt sagen? Sie sind genau so schön wie ihre Tochter? Völliger Quatsch. Sie sehen für ihr Alter immer noch gut aus? Blödsinn, Anbiederei.

Er legt seinen Arm um Hedwig.

"Ich würde gern Ihre Tochter kennenlernen."

Das sagt er spontan, ohne die Auswirkungen zu erahnen. Hedwig streichelt liebevoll seinen muskulösen Oberarm und wischt sich die einsame Träne ab, die auf ihrer etwas welken Wange hinunterrollt.

"Das ist das schönste Kompliment, das Sie mir machen konnten. Trinken wir noch einen?"

Sie trinken noch einen. Auf Kalamaki, sagt Hedwig und trinkt Manolis' Kokkino in einem Zug aus. Und bestellt noch 'eine Runde'. Und Manolis hat diese urdeutsche Bestellung verstanden. Er ist ein Kosmopolit, der alle Sprachen der Seele versteht. Obwohl er nur fünf Jahre die Dorfschule besucht hat.

"Ich glaub, ich muss jetzt wieder zurück. Meinen Ehemann betreuen. Wir haben uns hier ein Zimmer gemietet. Bei einem Herrn namens Spiros."

Das sagt sie schmunzelnd. Mit einem Unterton, der andeutet, dass sie bald von ihrem Gatten erlöst werden wird. Wenn er sich weiter die Seele aus dem Leib kotzt, dann wird sie irgendwann oben ankommen, die liebe Seele ihres Mannes, und Hedwig wird befreit sein und in Trauer endlich Freiheit feiern können. Dann hat die liebe Seele ruh.

"Soll ich Sie zur Pension begleiten?"

Hedwig lächelt verschmitzt.

"Besser nicht. Das könnte missverstanden werden. Sie liegt hier gleich um die Ecke. Aber eins müssen Sie mir versprechen."

"Was?"

"Wenn Sie Schwierigkeiten haben, dann müssen Sie zu uns kommen. Sie haben unsere Adresse, nicht wahr?"

"Wie kommen Sie darauf?"

"Ich sehe, dass Sie nicht glücklich sind. Nicht wirklich glücklich, obwohl Sie so einen entzückenden Jungen haben. Aber ich habe seine Mutter leider noch nicht kennen gelernt."

Sagt sie und schaut Andreas besorgt an.

"Ich komme vielleicht früher als Sie glauben."

Antwortet Andreas, obwohl er es nicht so meint. Er will nur nett sein und schaut Hedwig nachdenklich hinterher, wie sie langsam in der Dunkelheit zwischen den Betonskeletten verschwindet. Er will wieder glücklich sein, mit Martina, seinem Kind und überhaupt. Also steigt er die Treppen hoch und öffnet leise die Tür. Dort liegen sie, seine beiden, friedlich schlafend. Vielleicht hat er sich alles nur eingebildet, wollte es sich vielleicht sogar einbilden. Um zu leiden. Ja, ja, das Leid, das furchtbare. Andreas' heimliche Leidenschaft. Die keiner versteht und die in seinem bisherigen Leben oft für erhebliche Missverständnisse gesorgt hat. Wer versteht schon jemanden, der freiwillig leiden will? Nicht einmal er selber. Und doch ahnt er die Quelle, aus der sich jenes Bedürfnis speist, das offensichtlich von Zeit zu Zeit über ihn herfällt wie eine Horde wildgewordener Büffel. Er leidet gern, der zahme Büffel Andreas.

Dabei will er doch nichts Anderes als Anerkennung und Zuneigung. Oder einfach Liebe. Im ganz allgemeinen Sinne. Und das Leid ist der Mangel daran. Den er auskostet wie kaum einer und der in Selbstmitleid enden kann. Oder muss. Eine verdammt „sackige" Gasse.

Also vorwärts und nicht vergessen, die Leidenden haben überall auf der Welt dem Leid den Kampf angesagt. Und Andreas ist ein Frontkämpfer. In seinem Mikrokosmos.

Er legt sich leise neben Martina ins Bett. Sie wird kurz wach und dreht sich von ihm weg. Natodraht, sie hat den Natodraht ausgelegt. Rühr mich nicht an. Du weißt schon Bescheid. Also bleibt Andreas auf seiner Seite. Er liegt auf dem Rücken, in jener unbequemen Lage, die ihn nicht schlafen, aber denken lässt. Er starrt die Decke an, den rauen Putz, den er trotz der Dunkelheit sieht. Er möchte Martina berühren, die Irritationen wegstreicheln. Er schließt resigniert die Augen. Hört Pauls gleichmäßiges Atmen. Und schlummert ein. Ohne sich am Natodraht zu verletzen.

Doch sein Schlaf ist oberflächlich. Von Ungewissheit und

Eifersucht unterbrochen. Dieser Gitarrenspieler. Wo ist der eigentlich? Er schaut sich um. Martina liegt immer noch ruhig neben ihm. Sie hat sich umgedreht. Sie scheint im Schlaf zu lächeln. Träumt sie von dem jugendlichen Troubadour? Will sie mit ihm durchbrennen?

Andreas steht auf und geht zum Fenster. Die Rohbauten von Kalamaki wirken gespenstisch. Der Mond, der sich vergebens bemüht, dem nackten Beton jene romantische Färbung zu verleihen, die auf Reiseprospekten wirkungsvoll in Szene gesetzt werden könnte. Es bleibt nackter Beton.

Er denkt an Hedwig. Die jetzt vielleicht ihrem Gatten den Kopf hält, damit er besser kotzen kann. Wie hält sie es bloß mit diesem Typen aus, dem Hypochonder oder besser Weichei? Vielleicht ist das ja doch die einzig gelungene Symbiose von Mann und Frau? Man ergänzt sich im Gegensatz? Papperlapapp! Oder hat man sich einander erbarmt? Oh, nein, das tun nur Menschen, die alles verloren haben. Also was ist es? Er legt sich wieder ins Bett, das ehemals doppelte. Er versucht zu schlafen, was trotz Müdigkeit jetzt das schwierigste Unterfangen ist. Müde und nicht schlafen können! Was für eine Tortur! Und dann noch mit zwei friedlich schlafenden Menschen in einem Raum.

Er hört Paul seufzen. Tief und grundsätzlich. Was mag er träumen? Von Mama und Papa, die sich endlich wieder vertragen sollen? Klar will er das. Welches Kind will das nicht. Andreas schaut rüber zu Martina. Soll er sie wecken und ihr sagen, dass Paul abgrundtief geseufzt hat und jenes Seufzen eine Aufforderung ist, den verdammten Natodraht wegzuräumen?

Er dreht sich um. Weg von Martina. Vielleicht kann er so einschlafen. Er bleibt hellwach. Seine kleine Familie ist in Gefahr, obwohl er nie eine Kleinfamilie haben wollte. Er möchte sie beschützen. Und nun ist sie im Begriff, sich aufzulösen. Was ja eigentlich eine gute Entwicklung ist. Wenn nicht am Ende die Einsamkeit, sondern so etwas wie eine Großfamilie steht.

Andreas wälzt sich wieder auf die andere Seite. Durch den Natodraht sieht er Martinas Hintern. Im schwachen Mondlicht. Das Laken ist hochgerutscht. Was nun? Er schließt seine Augen, doch Martinas Hintern verschwindet nicht. Aufstehen und kalt duschen? Quatsch. Er wird nicht müder, sondern wacher. Paul seufzt schon wieder herzzerreißend. Andreas steht auf und geht an Pauls Bett. Dort liegt der Kleine. Sanft in Morpheus' Armen. Die Unschuld in Person. Wieder Kraft tanken für den morgigen Tag mit all seinen Herausforderungen für Jungs, die keine Hosenscheißer mehr sein wollen.

Andreas geht wieder zum Fenster. Der Mond, der überall auf der Welt für ratlose Menschen gern eine besondere Bedeutung erfährt und für allerlei unspezifische Spekulationen herhalten muss, tut das, was seine Bestimmung ist. Er reflektiert das Sonnenlicht. Mehr nicht. Von dort ist keine Inspiration zu erwarten, geschweige denn Hilfe.

Also eine schlaflose Nacht. Andreas liegt wieder auf dem Rücken und schaut an die Decke. Langsam sinken seine Augenlider. Der Alkohol, der heimtückische Freund unglücklicher Menschen, er scheint Andreas' Kompagnon zu sein. Er schlummert langsam ein. Auf dem Rücken.

Kalamaki ist nun aber nicht der Ort, in dem alles so kommt wie gewünscht. Andreas wird abrupt aus seinem gerade einsetzenden Schlaf, oder besser: Schlummer gerissen. Sirenen hallen durch die Nacht. Nicht jene, die den alten Odysseus fast zum Wahnsinn trieben, als er am Mast festgebunden die verführerischen Gesänge hörte und nicht zu ihnen kommen konnte, weil die Schiffsbesatzung schlauerweise so etwas wie Ohropax in den Ohren hatte. Diese Sirenen sind profan. Andreas hätte gerne Ohropax in den Ohren gehabt und den Frieden einer durchschlafenen Nacht erlebt. Seine Ohren sind nicht verstopft und so wird er von einem Rettungsfahrzeug aus dem Schlaf gerissen.

Andreas springt aus dem Bett und schaut aus dem Fenster. Alles, was er sehen kann ist der Mond, der gerade hinter einer Wolke verschwindet. Und den Schein von Blaulicht, der grell und unwirklich durch die kalamakischen Betongerippe hindurchdringt.

Martina steht plötzlich hinter ihm.

"Was ist los?"

"Ich weiß nicht. Krankenwagen wahrscheinlich."

"Mitten in der Nacht? Wie spät ist es eigentlich?"

Martina, typisch Martina, dabei müsste sie doch als Krankenschwester, dazu noch als schwäbische Krankenschwester, wissen, dass Krankheit oder gar Tod keine Uhrzeit kennt, genauso wenig wie Geburt.

"Leg dich wieder hin. Viel Lärm um Nichts. Wahrscheinlich nur eine kleine Schießerei. Eifersucht oder Ähnliches."

Martina ist zu müde, um etwas zu erwidern, was sie gerne getan hätte. Andreas hat eine vage Ahnung. Gerhard. Es ist was mit Gerhard. Und Hedwig ist in Not. Gerhard, der Hypochonder, hat wieder mal übertrieben und die Griechen in Alarmbereitschaft versetzt. Aber vielleicht ist es ja auch etwas Ernsthaftes. Vielleicht hat er Hedwig gewürgt. Weil sie so spät nach Hause gekommen ist. Hedwig. Der Name erinnert an Courths-Mahler. Was sonst. Aber sie ist alles andere als trash. Sie braucht Hilfe. Schießt es Andreas durch den Kopf, obwohl er nicht im Geringsten weiß, ob das Blaulicht Gerhards Not erhellt.

Er zieht seine Jeans an, verlässt seine Kleinfamilie und eilt in Richtung Blaulicht. Der Krankenwagen steht vor der Pension, der besagten. Ein Sanitäter lehnt gelangweilt und zigarettenrauchend am Wagen. Das Blaulicht nervt.

Der Sanitäter ist natürlich ein Grieche, höchstwahrscheinlich ein Kreter. Der versteht kein Deutsch. Warum auch. Wie soll man ihn also ansprechen? Dann kommt plötzlich Bewegung in die Szenerie. Zwei Sanitäter tragen eine Person auf einer Trage aus der Pension. Andreas reckt seinen Hals, aber sie sind schnell, die tragenden Helfer, obwohl sie Griechen sind. Aber, und so viel konnte er erkennen, es war eine männliche Person. Aber wo ist Hedwig?

Die Tür des Rettungswagens wird für griechische Verhältnisse rasch geschlossen und man fährt davon. Mit Blaulicht. Ohne Sirene. Wahrscheinlich plötzlich kaputt. Oder außer Betrieb. Oder einfach zu laut. Wer weiß?

War es dieser Gerhard? Wohl kaum, denn dann hätte Hedwig doch auftauchen müssen.

Paul ist wach. Martina hat ihn auf dem Arm und legt ihn ins 'Ehebett'.

"Er hat schlecht geträumt."

Sagt sie und legt sich zu ihm.

"Was treibst du dich eigentlich mitten in der Nacht in diesem Kaff rum?"

"Ich kann nicht schlafen."

"Ja, super. Und warum, wenn man fragen darf?"

Da ist wieder, dieser vorwurfsvolle Unterton. Jetzt bloß nichts Falsches sagen oder gar aggressiv darauf antworten.

"Ich hasse Natodraht."

Martina schaut ihn fragend an. Paul schlummert schon wieder friedlich. Mama und Papa sind jetzt ja wieder beide da.

"Natodraht? Was hast du getrunken?"

Wie soll er ihr das erklären, wo Paul jetzt in der Zone liegt? Der Draht ist weggeräumt. Paul ist das unüberwindliche Hindernis für jedwede sexuelle Aktivitäten.

"Ich habe schlecht geträumt."

Ein Argument, das nicht zu widerlegen ist. Martina denkt offensichtlich an den nächsten Morgen, an dem Paul früh wach zu werden droht, trotz nächtlicher 'Ruhestörung'. Sie schläft schnell ein und Andreas studiert weiter die Rillen im Putz der Decken. Was haben die Verputzer sich wohl dabei gedacht? Geheime Botschaften? Minoische Zeichen? Griechische Mythologie?

Agamemnon dringt plötzlich in seinen oberflächlichen Schlaf. Agamemnon. Warum bloß? Offensichtlich hat er in der Schule gut aufgepasst. Damals, als die griechischen Götter und die irdischen Helden an der Reihe waren. Man musste sie auswendig lernen. Die Namen. Die Jahreszahlen. Und wiedergeben. Andreas konnte das aus irgendeinem Grunde gut. Vielleicht war sein Urgroßvater ein Viertelgrieche. Oder seine Oma hatte eine 'amour fou' mit einem griechischen Seemann und sein Vater wurde das Produkt dieser folgenschweren Nacht – vielleicht war es ja auch Tag – und sie schob den Bastard ihrem Mann unter. Wie es wahrscheinlich millionenfach auf der Welt geschah und immer noch geschieht.

Diese unterstellenden, ja unmoralischen Überlegungen stellte er allerdings erst später an, im reifen Alter eines aufgeklärten Nonkonformisten. Die griechischen Götter mit dem irdischen Anhang gingen ihm seit jenen schulischen Tagen nicht mehr aus dem Kopf. Besonders dieser Agamemnon hatte es ihm angetan. Der König von Mykene. Was für ein Held! Bringt erst ungestraft einen Mann um, um danach dessen Frau Klytämnestra zu heiraten. Dann wird die Frau seines Bruders, jene Helena, die in gehobenen Kreisen auch damals schon Gattin genannt wurde, von einem Jüngling geraubt, mit dem schönen Namen Paris, Betonung auf der ersten Silbe. Die Dame musste natürlich befreit werden. Also auf nach Troja, wo der listenreiche Odysseus diese Idee mit dem Pferd hatte und dann mit der Dame Helena zurück ins Mykenische. Doch die Götter, die unerbittlichen und manchmal gerechten, sie meinten es nicht gut mit dem Gattenmörder Agamemnon. Die Götter hatten längst einen Fluch über das Geschlecht derer von Agamemnon gelegt. So war es folgerichtig, dass Agamemnon nach seiner Heimkehr ebenfalls umgebracht wurde. War es Klytämnestra? Oder sein Vetter? Jedenfalls einer aus der Familie. Klarer Fall für einen wie Schimanski. Doch den gab es damals noch nicht. So tappt die Menschheit, jedenfalls der gebildete Teil, weiter im Dunkeln. Und Rächer übernahmen Selbstjustiz. Der Tod Agamemnons rief naturgemäß dessen Sohn auf den mörderischen Plan. Orest.

Der moderne Orest heißt Paul und ist keine drei Jahre alt. Aber er wird der Rächer seines Vaters. Seines betrogenen Vaters. Irgendwann, wenn die Zeit reif ist. Aber noch liegt diese moderne Version von Klytämnestra neben Andreas. Unschuldig?

Aber die wird wach. Und schaut ihn mit ihren großen, müden

126

Augen an. Sie sieht hinreißend aus. Andreas könnte ihr sofort alles verzeihen.

"Was ist los?"

Sie weckt Andreas.

"Du redest im Schlaf. So laut, dass ich wach geworden bin."

Andreas schaut sie ungläubig an.

"Ich habe geredet?"

"Von Mord und Rache. Ich habe richtig Angst bekommen."

"Tut mir leid, Klytämnestra."

Sagt er schlaftrunken.

"Du hast getrunken. Und geschnarcht."

Sagt sie vorwurfsvoll.

"Und du hast mit dem Gitarrenspieler geschlafen!"

Sagt Andreas schlaftrunken. Martina richtet sich abrupt auf.

"Was sagst du da?"

Sie wirkt ertappt. Das macht Andreas ein wenig wacher und mutiger.

"Du hast mit Sebastian geschlafen."

"Wie kommst du denn eigentlich da drauf?"

Diese Frage ist schon mehr als ein halbes Geständnis. Andreas ist jetzt fast ganz wach.

"Ich habe euch gehört."

Lügt er in die Nacht hinein. Er hofft, dass Martina ihn jetzt für verrückt erklärt oder dass er halluziniert oder sonst was. Aber Martina schweigt. Und das tut ihm weh.

"Und? Was sagst du dazu?"

"Er ist sehr nett. Und zärtlich."

Andreas schluckt. Seine Paranoia war keine. Er hatte diese Ahnung, dieses untrügliche Gefühl. Es schnürt ihm die Kehle zu. Er ist jetzt so wach, dass er die nächsten Tage oder gar Monate keinen Schlaf mehr finden wird.

"Es hat nichts zu bedeuten."

Sagt Martina und steht auf. Sie geht ans Fenster und schaut auf das architektonische Elend, das ihrem Gemütszustand zu entsprechen scheint.

"Das musst du doch am besten verstehen."

Sagt sie und dreht sich um.

"Es hatte doch auch nichts zu bedeuten, als wir vor drei Jahren am Strand gebumst hatten. Du erinnerst dich doch. 'Es hat nichts zu bedeuten'. Das waren deine Worte. Beim Abschied. Als ich ins Taxi stieg. Aber da war ich schon schwanger. Jedenfalls seit ein paar Stunden. Und du dachtest nur an Jasmin. Du hast sie nicht rumgekriegt. Und dann war ich da. Wahrscheinlich hättest du lieber mit ihr ..."

Sie wirft sich aufs Bett und beginnt zu schluchzen. Er versucht sie zu beruhigen. Hilflos, denn sie hat ja recht.

"Martina, es war anders. Jasmin war der Traum und du die wunderbare Wirklichkeit."

Martina weint weiter, laut und herzzerreißend. Andreas sitzt immer noch aufrecht im Bett.

"Geh!"

Sagt sie endlich. Und schluchzt weiter. Andreas ist hilflos. Eine Welt bricht für ihn zusammen. Seine Welt. Und Paul schlummert sanft.


**Agios Pavlos**


Angelos raucht. Und fährt. Natürlich zu schnell. Besonders in Kurven. Die Gebirge auf Kreta. Sie müssen überwunden werden. Diese Insel scheint nur aus Bergen zu bestehen. Angelos als flotter Fahrer will sie schnell überwinden. Er hat etwas gegen Berge. Er ist schließlich Taxifahrer. Andreas wird übel. Bei der nächsten Kurve wird er sich übergeben müssen. Das ist gewiss.

"Kannst du mal anhalten?"

"Anhalten? Warum?"

"Mir ist schlecht."

Andreas reißt die Tür auf und schnappt nach Luft. Sein Magen rebelliert. Er will gar nicht in diesem Auto sitzen, in diesem Fluchtauto. Das ihn wegfährt aus Kalamaki, weg von Martina, weg von Paul.

"Soll ich zurückfahren? Es ist besser. Zu deiner Familie."

Angelos ist ein guter Psychologe. Natürlich will Andreas zurück, aber er kann nicht. Warum, das weiß er nicht.

"Ich will nach Agios Pavlos. Dort habe ich Freunde. Und meine Ruhe. Ich muss nachdenken."

"Aber denk nicht zu lange nach. Sonst ist deine Familie kaputt."

Sagt Angelos und raucht schon wieder. Er wird bald Lungenkrebs bekommen, der sorgende Familienvater und dann ist Schluss mit lustig. Der hat gut reden. Wenn der so weiter raucht, wird seine Familie bald ohne ihn auskommen müssen.

"Du rauchst zu viel, Angelos. Das kann tödlich sein."

Angelos lächelt milde. Offensichtlich haben die Griechen ein vertrauteres Verhältnis zum Tod als die Deutschen.

"Irgendwann treten wir alle die große Reise an. Megalo taxidi, mein Freund. Niemand weiß wann. Und wohin sie führt. Und das ist gut so."

Sagt er, zieht an seiner Zigarette und grinst.

"Und? Fahren wir zurück?"

"Auf keinen Fall."

Also einsteigen und weiter gegen die Übelkeit kämpfen.

Andreas schaut auf die Visitenkarte. Hedwig und Gerhard Winter. Agios Pavlos. Endlich erscheint ein Ortsschild. Agios Pavlos. Auf gut deutsch St. Pauli. Wenn das kein gutes Omen ist. Aber das Schild ist durchschossen. Wer zum Teufel kann etwas gegen dieses kretische St. Pauli haben? Waren hier HSV-Fans? Nein, auf keinen Fall. Wer von denen kann schon Griechisch?

"Warum schießen sie auf unschuldige Ortsschilder?"

Eine überflüssige Frage. Natürlich ist der Schießsport hier fast genau so verbreitet wie in Deutschland. Da es aber keine Schützenvereine gibt, wo man in geordneten Bahnen schießt, obwohl einige statt auf 'laufende Keiler' lieber auf laufende Asylbewerber schießen würden, nehmen die Kreter gerne Ortsschilder aufs Korn.

"Hier schießen sie auf alles. Nicht nur auf Kaninchen. Hier ist der Wilde Westen von Kreta."

Angelos schüttelt den Kopf und deutet auf eine kleine Basilika.

"Da ist Agios Pavlos."

Der Ort ist klein und überschaubar. Angelos hält vor einer Taverne. Und redet mit der Wirtin. Sie deutet auf den Hügel. Ein gutes Zeichen.

"Komm, steig aus. Wir sind da."

Andreas zögert. Angelos raucht schon wieder. Er lehnt an seinem Taxi.

"Oder soll ich dich nicht doch lieber zurückfahren?"

"Zurück? Auf keinen Fall."

Er ist trotzig und schaut sich um. Agios Pavlos. Ein kleiner beschaulicher Ort an der Südküste Kretas. Ein paar Häuser auf kargen Hügeln. Dort ist die Welt ebenso zu Ende wie in Kalamaki. Wer weiterfährt, landet im Libyschen Meer. Dort will er vorerst nicht landen. Aber wohin? Andreas schaut Angelos an. Der hebt die Schultern, als wollte er sagen: 'Hab ich doch gesagt'. Was nun? Die Entscheidung über Bleiben oder Nichtbleiben wird vertagt. Eine freundliche Frauenstimme jubiliert von hinten.

"Das ist aber eine Überraschung. Willkommen in Agios Pavlos."

Sie ist es, die Hedwig von dem Gerhard, dem beinah an Manolis' Fisch Verstorbenen.

"Ich habe gewusst, dass Sie kommen."

Und dann taucht neben der freundlichen Frau ihre Tochter auf, die vom Foto. Sie ist bildhübsch. Beinahe schön. Und sie lächelt Andreas an. Die Entscheidung über Bleiben oder nicht scheint gefallen. Augenblicklich.

"Das ist der nette junge Familienvater, den wir in Kalakaki kennen gelernt haben."

Kalakaki. Mein Gott! Soll er sie jetzt etwa korrigieren? Andreas lächelt vorsichtshalber nett zurück.

"Genau wie auf dem Foto."

Sagt er. Die junge Dame schaut ihre Mutter leicht irritiert an.

"Ich habe dem jungen Mann ein Foto von dir gezeigt."

"Ein schönes Foto. Sie haben Ähnlichkeit mit ihrer Mutter. Oder umgekehrt."

"Danke", sagt die Schöne ein wenig verunsichert.

„Kommen Sie." Hedwig geht zurück zum Tisch. „Wir haben gerade Salat bestellt. Maria macht den besten griechischen Salat von ganz Kreta."

Wie kann diese Frau nur so einen Blödsinn reden? Sie hat mit ihrem Mann und dieser komischen Bagage bei Manolis gegessen. Was heißt gegessen? Sie haben diniert. Auf kretische Art. In einem Vier-Sterne- Restaurant. Und nun sagt diese Frau, dass es einen besseren Salat gibt als bei seinem Freund Manolis!

Bevor Andreas heftige Einwände vorbringen kann, schaut ihn die junge Dame, die noch keinen Namen hat, fragend an.

"Sie lieben Kreta, nicht wahr?"

"Oh ja, sehr."

"Haben Sie hier ihre Frau kennen gelernt?"

Das ist nicht meine Frau, würde er jetzt gerne sagen. Wir sind nicht verheiratet. Und wir sind auch kaum noch zusammen. Sie hat mit einem Troubadour gebumst. Sie kann sich zum Teufel scheren oder sonst wohin! All das würde er gerne sagen und sie fragen, ob sie nicht Lust hätte, ihn zu trösten. Aber das sagt er nicht. Er antwortet brav.

"Vor drei Jahren. In Kalamaki."

Bevor er weitere Details offenbaren muss, erscheint diese Maria mit Tellern. Sie ist die typische Maria, die in jedem Film über Kreta die Wirtin spielen könnte. Von ausladender, aber ehrlicher Gastfreundlichkeit, mit dem augenzwinkernden Humor einer Frau, die Männer kennt, griechische zumal und deren Macken. Die sich auf souveräne Weise nicht nur an den Machismo gewöhnt hat, sondern ihn beherrscht. Mit anderen Worten: ihr Mann hat nicht viel zu melden. Und er ist auch nicht in Sicht.

Andreas ist aufgekratzt. Bei diesen Augen kein Wunder. Sie scheinen sich in seine zu bohren. Er versucht ihnen auszuweichen, aber es gelingt nur sporadisch. Also Ablenkung.

"Angelos, komm, setz dich."

Was kann eine schöne Frau nicht alles in Nullkommanichts bewirken. Da sitzen jetzt zwei Männer, die eigentlich so schnell wie möglich wieder zurückfahren wollten, brav an einem Tisch und essen 'Greek salad', jene touristische Version von einem griechischen Salat, der nur aus Tomaten, Gurken und Zwiebeln mit ein bisschen Feta, der eher Gipskarton ist, auf einem Teller mit Olivenöl und beißendem Essig garniert wird.

Aber die Tochter von Hedwig lächelt alle kulinarische Kritik beiseite.

"Sie haben einen Sohn?"

Sagt sie im Frageton.

"Paul. Ein Racker, wenn Sie verstehen, was ich meine."

Sie lächelt.

"Meine Mutter hat von einem aufregenden Ausflug in eine unbekannte Region berichtet. Sie haben sich, glaube ich, verfahren."

"Irrwege sind oft die richtigen Wege."

Antwortet Andreas und schaut in ihre stahlblauen Augen. Hedwig schaut Andreas mit Schwiegermutteraugen an.

"Ich habe meine Tochter noch gar nicht vorgestellt. Also, das ist meine jüngste Tochter Karoline. Karoline, das ist Andreas aus Hamburg und der Herr daneben ist ..."

"Angelos."

Andreas hilft ihr aus der Bredouille. Und dann fragt er besorgt: "Wo ist Gerhard?"

"Er ist mit Heribert und Eva wandern."

"Er ist wieder ganz gesund?"

Hedwig lacht.

"Sie meinen die Sardinen? Bei dem wunderbaren Wirt von ..."

"Kalamaki."

"Ja, Kalamaki. Mein Mann war dort auf der Toilette, na ja, eine typisch griechische war das, wenn Sie verstehen, was ich meine, und dann hat er gedacht, dass es in der Küche wahrscheinlich genau so schlimm ist."

Sie lacht und um ihren Mund zeigen sich wieder die kleinen Fältchen, die Andreas so sympathisch fand.

"Er ist der geborene Hypochonder. Aber ein anderer Pensionsgast war schneller. Der durfte mit Blaulicht durch die wunderbare kretische Nacht fahren. Ich glaube, dass Gerhard ein bisschen enttäuscht war."

Karoline hebt genervt ihre Augenbrauen und stochert lustlos im Salat herum.

"Da ist er in Griechenland auch gerade richtig."

Sagt sie und schaut Andreas fragend und etwas provozierend an.

"Meine Mutter hat von Ihnen geschwärmt. Können Sie das bestätigen?"

Au weia! Aber das ist genau die Frage, auf die ein Mann wie Andreas gewartet hat. Er schaut ihr in die Augen und lächelt.

"Theoretisch oder praktisch?"

Karoline hat sich aber von dieser Antwort nicht verwirren lassen. Sie fühlt sich jetzt richtig herausgefordert.

"Sowohl als auch."

Hedwig und Angelos sitzen sprachlos im Abseits. Obwohl Hedwig gerne eingreifen würde, denn sie braucht Harmonie. Das, was jetzt zwischen ihrer Tochter und Andreas passiert, das hat sie so nicht geplant. Angelos raucht, was das Tabakzeug hält und schielt ganz unverschämt auf Hedwigs Busen, den sie mütterlich ins Feld führt.

Nun ist Andreas am Zug. Er liebt solche Herausforderungen.

"Erst sowohl oder erst als auch?"

Karoline nickt anerkennend mit dem Kopf. Es wird Bier serviert und Wasser. Hedwig vermittelt mütterlich.

"Sie können bei uns wohnen. Wir haben genug Platz."

"Wir platzen bald vor Platz!"

Karoline setzt einen drauf. Offensichtlich hat sie ein gespaltenes Verhältnis zur südlichen Residenz ihrer Eltern. Vielleicht ist es nicht nur zu südlich, sondern auch zu abgelegen. Schließlich ist sie eine junge Frau, die so aussieht, als würde sie nicht so gerne ihre Abende strickend am Kamin verbringen.

"Stricken Sie gerne?"

Fragt Andreas. Er schaut Karoline herausfordernd an. Aber an der Frau scheint er sich die Zähne auszubeißen.

"Nur Babysachen."

Sie lacht. Ein wunderbarer Mund öffnet sich.

"Karoline!"

Der Ordnungsruf der Mutter.

"Andreas ist Familienvater."

"Das hab ich bisher noch nicht bemerkt."

"Also, was ist?"

Andreas zögert. Es lauert Gefahr. Angelos schaut ihn besorgt an. Was nun? Wieder so eine Entscheidungssituation.

"Ich muss jetzt bald fahren."

Mahnt Angelos. Also muss sich Andreas jetzt schnell entscheiden. Was er nicht kann. Oder will. Er ist zerrissen. Offensichtlich.

"Also, was ist?"

Angelos steht auf. Er hat Geld auf den Tisch gelegt, das für alle Getränke und Speisen reicht. Andreas nimmt es und steckt es ihm wieder in die Tasche. Der übliche Kampf ums Bezahlen beginnt. Karoline ist amüsiert, Hedwig irritiert. Die Ehre, was immer das sein mag, steht auf dem Spiel, auf dem absurden Spiel. Was Andreas schließlich gewinnt. Ein anderes würde er aber vielleicht doch verlieren. Ein Mann wie Andreas kann sich gegen tiefblaue Augen kaum lange wehren.

"O.k. Ich fahr mit, wenn ich bezahlen darf."

"Ich möchte auch mit!"

Karoline. Sie möchte also mit. Hedwig schüttelt den Kopf. In ihrer Not fällt ihr Gewichtiges ein.

"Aber du hast doch noch nicht einmal das Nötigste dabei?"

Sie möchte verhindern, was nicht zu verhindern ist.

"Mama, das Nötigste habe ich immer bei mir. Meinen Verstand und meine Kreditkarte. Also noch Fragen?"

"Aber du solltest doch vielleicht noch ein paar Unterhosen und Handtücher ..."

Aber Karoline ist schon im Taxi verschwunden, das von Angelos gelenkt und mit Andreas und Karoline die Berge ansteuert, die den Magen von sensiblen Menschen herausfordern, besonders, wenn ein so beherzter Taxifahrer wie Angelos so schnell wie möglich wieder zu seiner Familie zurückkehren möchte. Auch Andreas ist froh, diesen kleinen Ausflug unbeschadet überstanden zu haben, wenn man davon absieht, dass hinter ihm Karoline sitzt, ohne Unterhosen und ohne Handtücher. Vielleicht kann sie ihm ja sogar helfen, die Schmach von Kalamaki zu überwinden.

So hofft er jedenfalls.

## Sebastian

"Guck mal, wer da steht."

Andreas traut seinen Augen nicht. Da steht einer, mit Gitarre, und hebt den Daumen. Ein Tramper. Einer der letzten, der diese anachronistische Art zu reisen versucht. Und er hat Ähnlichkeit mit diesem Sebastian.

"Das ist doch der junge Mann, den wir schon mal mitgenommen haben."

Angelos hat offenbar schärfere Augen als Andreas. Er ist es tatsächlich. Der Barde, der Hobbyphilosoph, der Verführer. Er steht am Ortsausgang von Timbaki, jenem Ort in der Messara-Ebene, der für Gurken, Tomaten und Auberginen weltberühmt sein müsste. Die Erzeugnisse aus den unzähligen Plastikhäusern am Ende der Messara-Ebene werden in ferne Großmärkte transportiert, mit den üblichen Pestiziden. Natürlich in den erlaubten hohen

135

Grenzen landen sie schließlich in deutschen Supermärkten oder bei türkischen Gemüsehökern in Hamburg.

Von der europäischen Hauptstadt der Gurken sind es nur noch lächerliche sieben Kilometer bis Kalamaki. Der Tramper hält den Daumen in guter alter Manier hoch. So wie Andreas es oft getan hat, auf dem Weg nach Kopenhagen oder Amsterdam. Und sich geärgert hatte über die unzähligen Autofahrer, die vorbei fuhren. Sie haben ihn noch nicht einmal angeschaut. Spätestens nach dem fünfzigsten Auto fühlte er sich beleidigt. Sie hätten doch sehen müssen, dass er es war, der junge kosmopolitische Student, freundlich und aufgeschlossen, den es gelohnt hätte, mitzunehmen. Er entwickelte damals schon eine Art Hass gegen Autofahrer, besonders gegen die mit Hut am Steuer. Denn die nahmen nie jemanden mit.

Angelos trägt keinen Hut. Er hält. Andreas ist irritiert.

"Warum hältst du?"

"Das ist doch der nette junge Mann, den wir schon mal mitgenommen haben. Du hast mich doch überredet, ihn mitzunehmen. Seine Gitarre. Erinnerst du dich nicht mehr?"

Doch, leider. Da steht er nun grinsend an der Seitentür, der philosophierende Rivale. Ja, jetzt sieht er ihn mit anderen Augen. Das ist der, der in seinem Zimmer mit seiner Martina ... Er denkt den Gedanken nicht zu Ende. Sebastian lächelt ins Auto hinein.

"Wow, so ein Zufall. Wenn ich das richtig sehe, dann fahrt ihr nach Kalamaki. Oder?"

"Steig ein. Aber die Gitarre muss in den Kofferraum."

Angelos bleibt seiner musikkritischen Linie treu. Er steigt aus und verstaut die Klampfe im Kofferraum. Sebastian steigt hinten ein. Karoline rückt ein wenig beiseite und schaut ihn skeptisch an.

"Er beißt nicht." Beruhigt Angelos in den Rückspiegel schauend.

"Er ist harmlos."

Wäre er es doch bloß!

"So ein Zufall, mein Gott, das gibt es doch gar nicht."

Sebastian wiederholt sich und ist begeistert. Er schaut sich um. Er lächelt Karoline an.

"Ich bin der Sebastian. Ich habe schon mal in diesem Taxi gesessen. Das ist doch kein Zufall, oder?"

Ausschweifende philosophische Betrachtungen von Zufall und Notwendigkeit drohen. Aber die gute Karoline hindert ihn daran.

"Ich bin Karoline."

Die Vorstellung der amerikanischen Art soll ihn in das Reich der Banalität zurückholen. Und sie ist gut darin.

"Und da vorne sitzen Angelos, der Taxifahrer und Andreas, der ..."

Hier stockt die Gute, denn sie weiß nichts von Andreas. Gerade mal seinen Namen. Sebastian klopft Andreas auf den Rücken. Anerkennend.

"Der ist Familienvater und hat eine wunderbare Frau. Ich habe sie in Kalamaki kennen gelernt."

"Du warst schon mal in Kalamaki?"

"Ein paar Tage. Doch dann bin ich nach Lentas getrampt. Dort gibt es nicht so viel Wind."

"Und? Was treibt dich zurück nach Kalamaki?"

Eine gute Frage, denkt Andreas, eine sehr gute Frage. Natürlich Martina. Irgendjemand hat ihm bestimmt gesteckt, dass der 'Familienvater' die Flucht angetreten hat, aufgegeben sozusagen. Und das hat ihn zurückgetrieben, um sein ehebrecherisches Treiben weiterzuführen. Aber damit ist jetzt Schluss.

"Es war kein Blues da."

Sagt er lapidar.

"Und gibt es den Blues in Kalamaki?"

Karoline. Sie übernimmt ungewollt – oder doch von seinem Geist auf irgendeine mystische Art inspiriert – seine Rolle.

"Kalamaki ist der Blues. Blues ist, wenn du verstehst, die besondere Art traurig zu sein, gern traurig zu sein und das zu singen. Und man hofft, dass der Grund für die Traurigkeit sich in Liebe auflöst."

"Und was ist der Grund für deine Traurigkeit?"

Karoline schaut ihn mit diesem provozierenden Lächeln an, das selbst Andreas leicht verunsichert hat. Wie alt mag sie sein? Diese gute Fee? Zwanzig? Dreiundzwanzig? Vielleicht genau so alt wie Sebastian?

Sebastian zögert. Angelos nimmt die letzte scharfe Kurve vor Kalamaki. Flott und rauchend. Sebastian wird gegen Karoline geschleudert.

"Angeschnallt wär's nicht passiert."

Karoline schubst ihn zurück. Andreas meldet sich vom Vordersitz. Er ist angeschnallt. Im wahrsten Sinne.

"Wir sind nicht in Deutschland. Da muss man mit Feindberührung rechnen."

Doch Sebastian möchte noch die Frage beantworten. Die nach dem Grund für seine Traurigkeit, für den Blues schlechthin.

"Wenn man eine Frau liebt und diese dich auch liebt, aber aus einem ganz bestimmten Grund diese Liebe nicht erwidern kann, vielleicht so wie Romeo und Julia, also wenn der Graben zu tief ist, der gesellschaftliche, dann entsteht diese Tragik, die den Blues hervorbringt."

Er lehnt sich entspannt zurück. Das kann er jetzt, denn die letzten zweihundert Meter vor Kalamaki sind ohne nennenswert scharfe Kurven.

"Und wie heißt diese Frau, die dich liebt?"

Karoline stellt die Frage, die Andreas nie zu fragen gewagt hätte. Doch der Feigling weicht aus.

"Der Name ist unwichtig. Es sind ihre Augen, die alles sagen."

Angelos bremst abrupt.

"Wir sind da. Alles aussteigen. Schnell. Meine Familie wartet."

Er hält am Ortseingang. Er ist genervt. Deutsche Philosophie kann er offensichtlich nicht ab. Sie ist die Karikatur der griechischen. Also alles aussteigen.

Und nun stehen da drei Menschen und schauen sich an.

"Ich hab Hunger. Gibt es hier noch was zu essen?"

Karoline schaut sich um. Und sieht Manolis' Taverne. Sie ist verwaist. Kein Gast. Sie seufzt.

"Schade. Hier gibt's offensichtlich nichts mehr zu essen. Was machen wir nun?"

Andreas beobachtet Sebastian. Der steht etwas hilflos an Karolines Seite. Aber er hat seine Gitarre fest im Griff. Sie gibt ihm offensichtlich Sicherheit. Und Mut. Und Inspiration.

"Wer verliebt ist, der kann tagelang ohne diesen oder jenen Fraß auskommen."

Dabei schaut er sie an wie ein drittklassiger Schauspieler, der einen auf verliebt machen soll.

Andreas muss nun eingreifen und zeigen, wer hier regiert. Er fasst Karoline leicht am Arm und bemüht seine sanfte Stimme, mit der er schon einige Erfolge erzielt hat.

"Was ist nun?"

Eine berechtigte Frage einer jungen Frau, die auf den Spuren ihrer Eltern, genauer gesagt auf der ihres Vaters, die geheimnisvolle Welt von Kalamaki erkunden will. Andreas weiß Bescheid.

"Bei meinem Freund Manolis gibt es immer was zu futtern."

Karoline lächelt erleichtert und eilt zum Eingang dieser Taverne, die eigentlich keine ist. Sie schaut ins neonbeleuchtete Innere.

"Hey, ist das etwa die Taverne von diesem Manolis? Die Kaschemme, die meinen Vater beinahe umgebracht hätte?"

"Genau die!"

"Dann möchte ich hier essen."

Sagt sie, dreht sich um und setzt sich. Dann schaut sie ihre beiden Begleiter herausfordernd an.

"Na, was ist? Wenn ihr keinen Hunger habt, dann leistet mir wenigstens Gesellschaft."

Sebastian ist ein braver Junge und setzt sich. Er ist begeistert. Was für eine Frau. Sie weiß was sie will, obwohl sie kaum älter ist als er.

Andreas aber wird nervös. Martina und Paul sind nur wenige

Meter entfernt. Wie geht es ihnen? Was macht Paul? Schläft er? Oder will er seinen Papa sehen? Kann Martina ohne ihn einschlafen? Wenn ja, warum? Er blickt nach rechts. Zu Georgias Pension. Zur Tür, aus der vielleicht Martina herauskommen könnte. Und ihn sehen, wie er reumütig zurückgekehrt ist. Ihn in den Arm nehmen und sich freuen. Aber vielleicht auch dem Gitarristen konspirativ zuzwinkern, um wieder schnell zu verschwinden. Um auf ihn zu warten. Oben in Zimmer Nummer 5.

Aber er wird, wie es in Kalamaki immer wieder üblich zu sein scheint, abrupt in die banale und doch menschliche Realität zurückgeholt. Durch einen plötzlichen Schmerz in seinen Kniekehlen. Er muss dem Impuls des Vegetativen folgen und sitzt unversehens auf einem Plastikstuhl.

"Thelis tipota? Food? Drink?"

Manolis, die gute Seele, der Seher von Kalamaki. Er hat ihm den Stuhl untergeschoben, seinen Imperativ von Setzen. Er beendete Andreas' Zögern. Wie konnte Andreas vergessen, dass dem großen Küchenmeister von Kalamaki nichts entgeht. Keine noch so geheimen Gedanken sind vor ihm sicher. Der CIA sollte ihn engagieren und ihm ein fürstliches Gehalt zahlen. Alle Feinde Amerikas hätten schlechte Karten. Die bösen und die guten. Doch bevor Andreas auf seine nicht wirklich ernst gemeinte Frage antworten kann, ist Manolis wieder in sein verräuchertes Reich eingetaucht.

"Der ist Kult!"

Kommt es aus Karoline heraus.

"Und? Kriegen wir noch was? Ich will das, was meine Eltern hatten."

Typisch verzogene Göre. Sie will. Damit kommt sie bei Manolis nicht durch. Sie wird essen müssen, was er will. Doch Manolis will, dass sie auch Sardinen isst. Er kommt nämlich wie befürchtet mit einem dieser überladenen Teller aus seiner Küche, als wolle er zum letzten kulinarischen Gefecht blasen. Und stellt diesen Teller unsanft auf den Plastiktisch und dreht sich sofort wieder um.

"Wow. Das ist also das berühmte Essen von Manolis' Taverne.

Berühmt über die Grenzen von Kalamaki, Kreta und Griechenland hinaus."

Sie schaut Andreas herausfordernd an. Sie will es wissen. Aber was? Irgendetwas lauert hinter diesen Augen. Und hinter dieser ganzen Attitüde der jungen Dame! Krawall, schießt es Andreas durch den Kopf, sie ist auf Krawall gebürstet. Andreas lächelt sie an. Sanft, aber hinterhältig. Denn er weiß mehr als sie.

"Das ist erst der Anfang. Das hors d'oeuvre. Damit wäre dein Vater aber schon beinahe ins Jenseits befördert worden."

"Was in dieser mystischen Gegend nicht der schlechteste Abgang ist. Der Kollege Dylan soll ja mal in dieser Gegend gewesen sein und wurde vom Palast der Minoer in Festos inspiriert."

Der deutsche Philosoph meldet sich zu Wort. Er hat seine Gitarre ausgepackt und streichelt sie sanft. Dabei schaut er auf Karolines Titten. 'Endlich', scheint sie zu denken. Sie lächelt siegesgewiss. Ihr T-Shirt sitzt stramm. Sie atmet tief durch und streckt ihren runden Busen in die warme Nachtluft von Kalamaki. Das wirkt bei Männern wie Sebastian und Andreas.

Aber nicht bei Manolis. Der bringt die nächsten Ladungen. Pommes, Rote Bete, grüne Bohnen, Okraschoten in Tomaten-Käse-Soße, Tzatziki in Reinkultur, Salat in einer sehr gemischten Art und diverse andere Spezialitäten, die nicht so leicht zu identifizieren sind. Karoline stürzt sich familienbewusst auf die erste Sardine.

"Wir möchten jetzt Tischmusik, Sebastian. Wie wär's mit einem Rap? Vielleicht einem minoischen Rap, so mit allem drum und dran. Zeus und die ganze Mischpoke, das gibt doch Stoff für Hunderte von Songs."

Karoline ist gut drauf. Nein, sie ist phantastisch. Zwischen zwei Sardinen bringt sie den Troubadour in Verlegenheit. Er schaut auf seine Gitarre. Er wirkt hilflos. Wenn er jetzt sagt, dass seine geliebte Klampfe müde ist und schlafen möchte, dann kriegt Andreas einen Lachanfall.

Darauf muss Kalamaki an diesem späten Abend leider verzichten. Die Leute sollen anders aus ihrem Schlaf geweckt werden, in dem doch nur langweilige Träume vorkommen. Sebastian macht tatsächlich ernst. Mit Blues.

"Also gut, ihr habt es so gewollt. Es ist zwar kein minoischer Song, strenggenommen, aber so etwas Ähnliches. Schließlich ist es ein Liebeslied. Ein kalamakianisches Liebeslied."

Er nimmt seine Gitarre liebevoll in den Arm und stimmt sie kurz und professionell. Dann haut er plötzlich und unerwartet laut in die Saiten. Doch das ist nur der Auftakt. Ganz wie es sich gehört, wird er langsam leiser, beinahe zärtlich streichelt er jetzt seine Gitarre.

"Buried in Concrete."

Kündigt er mit der Musikuntermalung an. Dann dringt ein lauter A-Moll-Akkord durch die Stille und seine kräftige Stimme breitet sich über den Platz aus, dringt durch die schmalen Straßen, durch die Betongerippe bis an den Strand.

"I went to a place in nowhere land,

I met a girl, she took me by her hand.

I looked in her eyes

There was no surprise.

When I kissed her lips

And touched her hips,

She said hey, I'm married

You can' t love a buried

Woman in Concrete.

A buried woman in Concrete."

Einige sanfte Akkorde lassen seinen beeindruckenden Gesang ausklingen. Karoline hat aufgehört zu essen. Manolis steht in der Tür. Ohne Tablett. Andreas klatscht spontan. Der Junge ist gut, wirklich gut. Karoline klatscht auch und fasst ihn anerkennend an die Schulter.

"Wow! Das war richtig gut! Ist das von Dylan?"

Sebastian legt seine Gitarre vorsichtig auf einen Stuhl und nimmt sich eine Handvoll Pommes. Er ist ernst.

"Es ist ein Song, der hier geboren wurde. Vor ein paar Tagen."

Sagt er in bescheidenem, beinah peinlich berührtem Ton. Man kann dabei fast seine Tränen hören.

Buried in Concrete. Begraben in Beton. Er meint nicht irgendeine Frau, die sich Mafiabossen in den Weg gestellt hat, eine Staatsanwältin oder ähnliches, die eingebettet in einem Brückenpfeiler in der Nähe von Neapel oder Palermo ihr totes Dasein fristet. Er meint Martina. Und wenn Andreas es richtig interpretiert, dann erscheint seine ganze scheiß Eifersucht plötzlich in einem ganz anderen Licht.

Unabhängig von diesen selbstkritischen Überlegungen hat Sebastians Blues das verschlafene Kalamaki zum Leben erweckt. Als hätten sie nur darauf gewartet, die Touristen, die aus lauter Langeweile früh schlafen gehen und die Ruhe genießen wollen. Sagen sie immer. Dabei wollen sie in Wirklichkeit die Unruhe, den Blues, das Leben in warmen Nächten, in denen sich der Duft von Jasmin verbreitet, dieser betörende Duft der warmen südlichen Sommernächte. Einige Urlauber erscheinen auf Balkonen, einige andere schwärmen wieder aus in den warmen Abend von Kalamaki. Und eine schwärmt ganz besonders.

"Endlich ist hier mal was los!"

Jasmin, der Duft der Nacht. Sie steht plötzlich hinter Andreas und schaut auf Sebastians Gitarre.

"Ist das deine Freundin?"

Sebastian nickt.

"Leider."

Karoline wittert eine Rivalin, obwohl sie keinerlei Ambitionen im Hinblick auf eine amouröse Nacht mit Sebastian zu haben scheint. Andreas glaubt, dass sie einfach nur weg wollte, aus dem stillen Agios Pavlos, um der Öde des elterlichen Ferienhauses zu entfliehen, um ein wenig Spaß zu haben. Und den muss man sich manchmal selbst schaffen. Und wenn es nur der ist, eine Rivalin auf dem Feld der Konkurrenz zu schlagen. Andreas betrachtet das sich anbahnende Stutenbeißen amüsiert.

"Wo schläfst du eigentlich heute nacht?"

Fragt Andreas Karoline. She is a teaser, denkt er amerikanisch, weil es dafür keinen adäquaten deutschen Begriff gibt, sie ist sogar a big teaser, eine, die Männer scharf macht, um ihnen dann, wenn sie darauf eingehen und näher rücken, auf die Finger zu hauen.

"Heute nacht wird nicht geschlafen. Wo kann man denn hier noch Party machen?"

Dabei schaut sie in die Runde, mit einem Glas Wein in der Hand. Der Rote von Manolis entfaltet seine Wirkung. Sebastian, der Wassertrinker, fühlt sich angesprochen.

"Am Strand in Como Beach. Romantisches Zelten "

Schlägt er vor. Karoline schaut ihn ungläubig an.

"Dort steht dein Zelt?"

"Werde ich heute nacht dort aufschlagen. Unter immergrünen, inspirierenden Tamarisken. Und die Wellen des Meeres wiegen dich sanft in einen köstlichen Schlaf."

Er schaut Karoline an. Offensichtlich ist sie sein Typ, was Andreas mit Erleichterung begrüßen würde. Karoline beißt in die nächste Sardine und schaut ihn beinahe mitleidig an.

"Am Strand schlafen? Nein danke. Und dann noch unter Tamarisken. Wie romantisch! Wenn es feucht ist, dann regnet es doch die ganze Nacht von diesen Bäumen und man wacht in aller Herrgottsfrühe völlig durchnässt auf."

Sie taucht die Okraschoten ins Tzatziki und schiebt sie in ihren Mund, der immer noch von einem Lippenstift beherrscht wird, der den aggressiven Gewürzen trotzt. Er muss sündhaft teuer sein. Einer aus der Familie derer von Gucci, Dior oder Bobbi Brown.

Andreas lächelt. Martina. Sie benutzt keinen Lippenstift. Nicht etwa aus ökonomischen Erwägungen. Martina hat Lippen, die ohne Lippenstift glänzen. Martina. Die Frau mit den sinnlichsten Lippen der Welt, sie braucht keine Hilfsmittel. Sie ist pur. Er steht auf und will sich verabschieden.

"Du willst schon schlafen?"

Karoline schaut ihn überrascht an.

"Ich muss, nein, ich will jetzt zu meiner Familie. Sie warten auf mich. Es ist schon spät. Gute Nacht allerseits."

Was für ein hilfloser Abgang. Er geht ins Innere von Manolis' Taverne, um zu bezahlen. Manolis ist beschäftigt. Avrio, sagt er, morgen. Er dreht sich um und wer steht im grellen Neonlicht vor ihm und versperrt den Weg?

"Du willst doch nicht etwa gehen?"

Eine vorwurfsvolle Frage. Jasmin nimmt ihn besitzergreifend in den Arm und schaut ihn erwartungsfroh an.

"Doch. Ich hatte ein wenig Stress. Ich dachte Martina und der, na du weißt schon, hätten, aber jetzt weiß ich, dass sich alles nur in meiner Phantasie abgespielt hat und ich deshalb ..."

"Martina und dein Sohn sind gerade abgereist!"

"Was sagst du da?"

"Sie sind in ein Taxi gestiegen, mit Gepäck und davongebraust."

Andreas schaut sie immer noch ungläubig an.

"Das hast du gesehen?"

"Ich hab noch versucht, sie aufzuhalten, aber es war zwecklos."

Was jetzt?

"Ich habe einen Mietwagen. Wenn du willst, können wir die Verfolgung aufnehmen. Aber sie haben vielleicht eine Stunde Vorsprung. Und wo sollen wir sie suchen? Auf dem Flugplatz?"

Sie meint es ernst. Sie scheint ihn wirklich zu mögen. Jasmin, das Luder, sie war es nur in seiner Wahrnehmung. Es gibt eigentlich keine Frau, die ein Luder ist. Männer machen sie dazu. Männer mit einer schrägen, sich selbst überschätzenden Phantasie.

Angelos, schießt es Andreas durch den Kopf. Er muss der Taxifahrer sein. Klar. Und er wird Andreas' kleine Familie nicht zum Flugplatz fahren. Er wird seine Familie retten. Er wird seine beiden Lieben zur "Zwischenlagerung" und Beruhigung in sein Haus bringen, zu Elpida und ihrem Sohn. Und den Mücken.

"Ich weiß, wo sie sein könnten."

"Okay. Fahren wir!"

"Du willst jetzt mit mir, mitten in der Nacht, auf einen bloßen Verdacht hin, auf eine verzweifelte Suche gehen?"

"Klar. Warum fragst du?"

"Nun, ich dachte ..."

Er zögert und schaut ihr in die Augen. Sie strahlen in traurig an.

"Was dachtest du?"

"Du wärest eine Rivalin von Martina."

Sie schüttelt den Kopf.

"Ich habe mich in dich verliebt. Unglücklich. Das ist nun mein Schicksal. Trotzdem möchte ich nicht, dass du unglücklich bist. Also, was ist? Fahren wir?"

"Wo steht dein Auto?"


## Wahre Liebe


Jasmin ist eine flotte Autofahrerin. Andreas hält sich am Armaturenbrett fest.

"Glaubst du, dass man zwei Menschen gleichzeitig lieben kann?"

Andreas schaut stur auf die Straße, die ihm im Scheinwerferlicht noch gefährlicher und unebener vorkommt als tagsüber.

"Könntest du dir vorstellen, nur so zum Beispiel, dass du deine Martina und mich gleichzeitig lieben könntest? So in aller Intensität?"

Klar kann er das. Er tut es doch. Das wird ihm jetzt bewusst, soweit man mit dem sogenannten Bewusstsein die Irrationalitäten von Liebe begreifen kann. Aber was soll er jetzt darauf antworten? Wir machen eine WG auf, mit freier Liebe in freier Wildbahn und keiner ist eifersüchtig? Und die Kinder, also Paul und das Kind, das vielleicht jetzt in Martinas Bauch wächst, und ihr Sohn Alexander werden fröhlich durch die Wohnung laufen und mehrere Papas und Mamas haben?

Er schweigt vorsichtshalber, obwohl ihm das schwer fällt. Jasmin steuert ebenfalls schweigend den klapprigen Mietwagen durch die dunkle kretische Nacht. Wohin nur?

"Sag mir, wo ich abbiegen soll."

"Schwer zu sagen. Es muss hier irgendwo sein. Im Dunkeln sieht alles gleich aus."

"Aber du warst doch bei diesem Angelos. Kannst du dich nicht wenigstens an den Namen des Dorfes erinnern?"

Kann er nicht. Es hat ihn nicht interessiert. Leider. Er war euphorisiert. Von der Gastfreundschaft der Griechen, von der Nacht mit Martina, wenn man von den Mücken absieht, von der Wahrscheinlichkeit, dass Paul seitdem kein Einzelkind mehr sein wird. Und von sich und seinen Gefühlen, die so stark wie nie zuvor waren. Und jetzt? Er war und ist vielleicht noch eifersüchtig wie ein Sextaner beim ersten Verliebtsein. Und sitzt neben einer jungen Frau, die es ihm so leicht wie möglich gemacht hat, diesen bitterbösen Schmerz zu vergessen. Er muss plötzlich lächeln. Verrückte Welt. Was hätte er vor drei Jahren darum gegeben, mit Jasmin nachts durch die aufregende Bergwelt Kretas zu fahren, sie neben sich zu spüren, von ihr elektrisiert zu werden, wie auch immer das physikalisch zu erklären ist. Er sieht sie von der Seite an. Sie schaut konzentriert auf die Straße und wartet auf eine Antwort. Auf die banale Antwort nach einer Abbiegung. Oder ist diese Frage etwa ganz anders zu interpretieren?

"Jasmin, kannst du mal anhalten?"

Sie fragt nicht warum. Sie hält bei der nächsten Möglichkeit an und stellt den Motor aus. Es ist still. Und dunkel. Und ruhig. Beide schweigen. Andreas genießt das Schweigen. Er atmet tief durch. Jasmin öffnet die Tür und steigt aus. Sie setzt sich auf einen Stein und zündet sich eine Zigarette an. Sie raucht? Er sieht, wie der Rauch sich mit der unschuldigen kretischen Bergluft vermischt und langsam entschwindet. Ein glühender Punkt erleuchtet ihr Gesicht bei jedem Zug schemenhaft. Nur kurz wird es nach dem Ziehen sichtbar. Sie ist schön, nein, wunderschön. Sie hat ihn geküsst.

Innig. Vor drei Jahren. Und neulich wieder. Nicht flüchtig, er hat in Sekundenschnelle gefühlt, dass sie ihn begehrt. Ihre Küsse waren fordernd und hilfesuchend zugleich. Doch sie zieht sich immer wieder schnell zurück, als wolle sie ihren Gefühlen nicht trauen. Oder ihm. Womit sie das richtige Gespür hat. Denn Andreas weiß nicht, was er will. Aber das weiß er. Nun sitzt er im Auto in stockfinsterer Nacht und beschließt, nicht mehr zu grübeln. Er steigt aus.

"Ich liebe zwei Frauen gleichzeitig."

Sagt er unvermittelt und schaut in den Sternenhimmel, als erwarte er von dort eine Bestätigung in Form einer Sternschnuppe. Jasmin steht auf und nimmt ihn in den Arm.

"Du liebst mich also auch?"

"Ja, ich liebe dich."

"Und du liebst Martina?"

"Ja. Ich liebe sie."

"Es ist selten, dass Menschen zwei Menschen gleichzeitig lieben können. Es ist ein Geschenk Gottes. Die meisten können noch nicht einmal einen lieben."

Sagt sie und küsst ihn. Andreas schließt die Augen. Er genießt diesen Kuss, denn er ist ohne Forderung. Es ist ein Kuss der Liebe, der selbstlosen. Mit Nikotingeschmack.

"Jasmin, du bist eine wunderbare Frau und ich ..."

Jasmin verhindert etwaig aufkommende Banalitäten. Sie gibt ihm noch einen Kuss.

„Wir sollten jetzt erst einmal dieses Dorf finden."

Sagt sie und steigt wieder ins Auto. Andreas folgt ihr. Weitere Kurven werden schnittig genommen, bis schließlich ein Schild auftaucht, an das Andreas sich erinnert.

"Hier müssen wir abbiegen."

Er ist jetzt aufgeregt. Sie fahren durch ein Dorf, das in vollkommener Dunkelheit liegt. Doch dann taucht plötzlich im Scheinwerferlicht ein Taxi auf. Ein Mercedestaxi.

"Hier ist es!"

Und er erkennt das Haus von Angelos wieder. Aber es ist dunkel. Was nun? Jasmin flüstert.

"Entweder liegen sie da drinnen und schlafen friedlich, oder ...?"

"Oder was?"

"Oder sie sind schon auf dem Weg nach Deutschland."

"Was machen wir jetzt?"

Jasmin fasst ihn sanft am Arm.

"Nicht wir. Du. Geh zur Tür und klingele die Leute aus dem Schlaf."

"Die haben keine Klingel. Hier hat niemand so etwas wie eine Klingel!"

"Dann stell dich vor ein Fenster und rufe den Namen deiner Geliebten!"

Sagt sie leicht genervt.

"Sie ist nicht meine Geliebte, sie ist die Mutter meines Kindes, sozusagen meine Frau."

"Dann ruf laut ihren Namen oder soll ich es tun?"

"Um Gottes Willen!"

Sagt der Atheist Andreas und ist ratlos. Ein Hahn kräht von ferne durch die junge Nacht. Vielleicht weckt der ja seine Beiden und sie schauen aus dem Fenster. Aber warum sollten sie das tun? Höchstens Paul. Der hat ein Faible für Hähne. Er liebt das Hahnengeschrei. Er kann es selber fast perfekt nachmachen. Schließlich hat Andreas es ihm beigebracht. Er hat es in Griechenland gelernt. Es gab in seiner Nachbarschaft einen Hahn, der nicht richtig krähen konnte. Der Anfang war okay, aber dann konnte er das bekannte Kikeriki nicht ordnungsgemäß zu Ende bringen. Er brach es immer wieder erschöpft ab. Das war sein Fehler. Er wurde dann kurze Zeit später einen Kopf kürzer gemacht. Die Bäuerin konnte es offenbar auch nicht mehr mit anhören.

Andreas hat die rettende Idee. Er steigt aus und kräht wie ein Hahn. Das kann er. Täuschend ähnlich. Er wartet und schaut zum Fenster. Nichts. Also noch einmal ein lautes Kikeriki. Er schaut weiter gespannt auf das Fenster. Nichts. Doch dann hört er eine

Antwort. Ein Kikeriki. Erst eins, dann zwei und dann noch mehrere. Die örtlichen Hähne sind geweckt und begrüßen den Morgen, der noch in weiter Ferne liegt. Er hat sie reingelegt, die dummen Viecher. Andreas sieht sich schulterzuckend um. Jasmin sitzt im Auto und amüsiert sich. Andreas, der Hahn und seine buntgefiederten Kumpel. Irgendwie passt es.

Doch dann geht ein Vorhang im ersten Stock beiseite. Paul schaut aus dem Fenster. Paul, der Retter. Vielleicht. Pauls Mund bewegt sich. Papa, sagt er freudig, das sieht Andreas deutlich. Da ist Papa. Dann dreht Paul sich um. Er schaut nach hinten. Wahrscheinlich ist Mama auch wach geworden oder hat noch gar nicht geschlafen, was für Andreas spräche.

"Wir haben Glück gehabt. Es ist das Haus."

Sagt er in Richtung Jasmin und schaut wieder zum Fenster. Dort ist plötzlich kein Paul mehr zu sehen. Und der Vorhang ist wieder zu. Ende der kurzen Vorstellung?

Jasmin hat das Fenster runtergekurbelt.

"Du hast Glück. Nicht ich. Aber ich freue mich für dich."

Sie lässt den Motor an.

"Ich habe dich übrigens angelogen. Ich bin alleine nach Kalamaki gefahren. Deinetwegen. Alexander ist bei seiner geliebten Oma."

"Das sagst du mir erst jetzt?"

"Hätte es was geändert?"

"Ja, beziehungsweise nicht wirklich."

"Siehst du! Aber es hat sich gelohnt."

Sagt sie und braust davon. Da steht er nun, der arme Tor Andreas und ist 'so klug als wie zuvor'. Die Hähne haben aufgehört zu krähen und offensichtlich den Irrtum bemerkt. Es ist noch tiefe Nacht. Der Sternenhimmel, der in diesem Moment unerbittlich mit seinen Gestirnen nervt, scheint ihm schicksalhaft Tragisches vermitteln zu wollen. Er ist wahrhaftig interpretationsfreudig. Andreas ist ziemlich resistent gegen all den esoterischen Quatsch, der nichts anderes bedeutet, als die Verantwortung für sein eigenes Leben abzugeben. An die himmlischen oder sonstigen Mächte. Dann schaut er noch einmal in die Richtung, in die Jasmin verschwunden ist.

Oder haben die Sterne etwa doch recht? Es bietet sich an, diese für sein persönliches Gefühlschaos verantwortlich zu machen, aber er kommt nicht dazu, denn die Tür des griechischen Hauses öffnet sich. Angelos, im Schlafanzug, ordentlich bläulich-rosa gestreift, schaut ihn müde, aber erleichtert an.

"Endlich kommst du. Eine Katastrophe."

Sagt er. Das griechische Wort kommt ganz authentisch aus seinem Mund.

"Eine Katastrophe."

Wiederholt er und umarmt Andreas.

"Setz dich."

Sagt er und deutet auf zwei rote Plastikstühle. Er hat sein Notgepäck dabei. Zigaretten und Feuerzeug. Das kommt sofort zum Einsatz. Er nimmt einen tiefen Zug und die Katastrophe wird schlagartig kleiner.

"Was hast du gemacht, mein Freund? Du verlässt deine Frau und dein Kind. Warum?"

Fragt er und bietet ihm eine Zigarette an. Der bedingte griechische Reflex. Andreas nimmt eine und steckt sie in den Mund.

"Wie? Du rauchst? Das ist nicht gesund."

Andreas lächelt. Er ist so wunderbar. Wie er da sitzt, in diesem lächerlichen Schlafanzug, den er in Werbeprospekten von 'Plus' oder 'Lidl' schon hundertmal in verschiedensten Variationen gesehen hat, mit diesen jugendlichen männlichen Models, die darin so kreuzunglücklich lächeln, dabei an ihre Gage denken und darauf vertrauen, dass ihre Freunde diesen Prospekt niemals in die Hände nehmen werden.

"Keine Angst. Ich werde nicht rauchen. Ich rieche aber Tabak gerne. Er ist würzig. Viel zu schade zum Verbrennen."

Angelos bläst den Rauch in seine kretische Nacht.

"Du hast recht. Ich werde mit dem Rauchen aufhören. Wenn ich endlich vernünftig geworden bin. So mit fünfundachtzig Jahren."

Sie lachen und Angelos hustet ein wenig. Er sieht müde aus. Bestimmt hat er nicht länger als ein, zwei Stunden geschlafen und ist nun von ihm geweckt worden.

"Es tut mir leid, dass ich dich geweckt habe, Angelos, aber ich habe Martina Unrecht getan. Ich war eifersüchtig. Das erste Mal in meinem Leben war ich richtig eifersüchtig, wenn du verstehst, was ich meine."

Angelos nickt und saugt an seinem Glimmstengel, der in der Dunkelheit endlich seinen Namen verdient.

"Das ist der Beweis."

Sagt er vielsagend und unterdrückt ein Gähnen.

"Der Beweis für wahre Liebe."

Was für ein Quatsch, denkt Andreas, sagt es aber nicht. Er weiß es besser. Liebe definiert sich nicht durch Verlustangst, sondern durch das Gegenteil. Hat er nicht Jasmin gerade fahren lassen, weil sie es wollte? Und sie keine Angst vor Verlust hat? Angelos ist in einer anderen Welt, die so liebenswürdig ist, dass einem die Tränen kommen können. Doch die helfen in den seltensten Fällen.

"Wenn du nichts dagegen hast, dann gehe ich jetzt mal nach oben zu meiner Familie."

Angelos drückt die Zigarette aus und umarmt ihn schon wieder. Das bedeutet Freundschaft, Verständnis ohne viel Gelaber. Andreas steigt die Treppe hoch, in jenes Reich der Gastfreundschaft, das schon einmal mit einem mittelschweren Wutausbruch entweiht wurde.

Gibt es immer noch Mücken? Eine absurde, doch sehr naheliegende Frage. Er steht vor der Tür. Er horcht. Kein Laut. Schlafen seine Beiden schon wieder? Das wäre schlimm. Besonders, wenn Paul die kurze Begegnung mit seinem Vater so schnell abhaken könnte und sich wieder in das wildfremde Bett gelegt hat. Vielleicht denkt Paul ja, dass es nur ein Traum war, ein schöner Traum. Und Martina? Sie ist bestimmt wach, hellwach. Und sauer. Oder enttäuscht. Oder gar eifersüchtig wie er selber. Also gegenseitiges

Missverständnis? Nach beinah vier Jahren eines eheähnlichen Verhältnisses?

Er öffnet die Tür. Leise. Aber die griechische Tür hat etwas dagegen. Sie quietscht, lauter als ein Düsenjäger, der ein paar Meter über das Haus fliegt. Es ist die Stille, die für extreme Lautstärke sorgt.

Und es ist dunkel. Nur schemenhaft erscheint das ihm bekannte Zimmer. Es ist wieder das eheliche Schlafzimmer von Angelos und Elpida. Sie haben sich also wieder geopfert. Für die Liebe, den Glauben an die Familie, an das Gute und Stetige im Menschen. Und Paul liegt in einem Kinderbett, das sie extra reingestellt haben.

"Martina?" Flüstert er fragend. Doch Martina hat entweder Ohropax in den Ohren oder, was wahrscheinlicher ist, stellt sich taub und tut, als schlafe sie. Das ist verlogen, aber verständlich. Andreas zieht sich aus und schaut prüfend das Ehebett an. Kein Natodraht. Das sieht er deutlich. Er steigt vorsichtig ins Bett. Martina streckt ihm ihren Hintern entgegen. Ist das ein gutes, nonverbales Zeichen? Er legt seine Hand sanft auf Martinas runden Po. Da ist sie wieder, ihre zarte Haut, die ihren göttlichen Hintern umspannt. Martina rührt sich nicht. Sie tut also wirklich, als ob sie schläft. Dabei ist sie wach, das ist gewiss. Er streichelt sanft ihren Po, dann ihren Rücken und wagt sich langsam an ihren Busen. Er ist immer noch klein und stramm. Und ihre Brustwarzen noch da, wo sie waren. Sie schläft nicht. Sie ist hellwach. Ihre Brustwarzen verraten sie. Und ihr Hintern bewegt sich kaum merklich in seine Richtung. Und der bewegt sich verlangend. Nonverbale Kommunikation. Die einzige und wahrhaftige. Weil man dabei schlecht lügen kann.

Martina ist tatsächlich wach, denn sie dreht sich langsam um. Sie legt sich auf ihn. Dann richtet sie sich auf. Kneift ihn in den Oberarm. Es tut weh. Er schaut sie an. Sie hat ihre Augen immer noch geschlossen. Andreas will sie langsam zu sich hinunter ziehen. Er will ihre Lippen spüren, jene Wunderwerke der Natur, die ein wichtiger Teil seiner Leidenschaft geworden sind. Aber Martina will oben sein. Ihn aufsaugen. Was sie tut. Und sich an seinen muskulösen Schultern festhalten.

Will sie noch ein Kind? Er lächelt den Gedanken beiseite, der sich trotz seiner Schmerzen einstellt. Sie ist schon schwanger, das ist gewiss. Und seine Tochter, denn es muss eine Tochter werden, wird so schön sein wie ... Ja, wie wer? Wie Martina? Oder Jasmin? Egal. Sie wird die Schönste unter dem südlichen Sternenhimmel, und das will einiges sagen.

Martina stöhnt und beugt sich zu ihm hinunter. Er presst sie an sich. Das ist es, was er will, ganz nahe sein, sie hautnah spüren, fest und untrennbar. Martina stöhnt lauter. Sie ist jetzt ganz bei sich. Und bei ihm. Denn sie öffnet die Augen und schaut ihn an. Eindringlich. Fordernd. Und geil. Sie fängt schließlich an zu schreien, so laut, wie sie es noch nie getan hat. Andreas vergisst Paul, Angelos und seine etwas prüde Familie. Er lässt seinen Trieben freien Lauf. So wird es laut, in jener kretischen Nacht, in der die friedliebenden Griechen reihenweise aus dem Schlaf gerissen werden. Aber sie wissen warum. Sie können sich erinnern. An jene Nächte, die fast so waren wie die, als ein deutsches Paar Versöhnung feiert, auf eine ganz und gar untypisch deutsche Art.

"Und?" Will Martina wissen. "Das war doch Jasmin, die dich hergefahren hat?"

"Das ist meine zweite große Liebe."

"Und Sunny?"

"Sunny ist einmalig, wie man einmalig sein kann."

Sagt er. Martina ist immer noch über ihm, in Herrschaftspose. Und er in ihr. Zeit, die Geschicke umzudrehen. Er umarmt sie plötzlich und legt sie unvermittelt wie ein Ringer auf den Rücken. Er lächelt triumphierend.

"Und? Was ist mit dem Troubadour?"

Martina lächelt in Unterlage. Im Bewusstsein, dass sie die Stärkere ist. Schließlich hat sie ein Pfand im Bauch, vor dem selbst stärkste Männer kapitulieren müssen.

"Er küsst miserabel."

Sagt sie leicht herausfordernd.

"Aber er singt besser als er küsst. Das kann verwirren."

Andreas schaut in Richtung Paul. Das Kinderbett sieht aus wie aus einem Ikeakatalog. Und Paul schläft immer noch sanft darin. Europa wächst zusammen. Und Paul mittendrin.

"Ich liebe dich." Sagt Martina erschöpft und dreht sich um. Dabei streckt sie ihren Hintern ins Mondlicht. Die ersten Hähne beginnen zu krähen und Paul steigt wortlos aus seinem einsamen Bett und krabbelt ins elterliche. Dahin, wo bis vor gar nicht so langer Zeit noch dieser Natodraht war. Der undurchdringliche. Paul lächelt zufrieden und schläft sanft ein.

Und wenn sie nicht gestorben sind, dann ...